歴史文化ライブラリー

596

# 源氏物語の舞台装置

## 平安朝文学と後宮

栗本賀世子

吉川弘文館

# 目　次

# 紫式部と内裏——プロローグ

## 1 紫式部と内裏

### 平安京内裏

今から千年以上も昔、平安時代の京の都で、世界文学史上屈指の名作である『源氏物語《げんじものがたり》』は、紫式部《むらさきしきぶ》という一人の女性作家によって書き上げられた。『源氏物語』は、天皇の皇子でありながら臣籍に下った光源氏《ひかるげんじ》の恋と栄華を描いた長編物語である。主人公が皇子であるだけあって、その舞台となるのは主に宮廷——平安宮の内裏《だいり》と呼ばれる建物である。

八世紀末、桓武《かんむ》天皇の御代に今の京都に遷都が行われ、平安宮内裏が創建された。中国にならって、都の北部中央に大内裏《だいだいり》と呼ばれる四十九万余坪の広大な宮城が造営され、その内部にさらに天皇居所である内裏と呼ばれる区画が設けられたのである。内裏は東西七十三丈《じょう》（約二一九メートル）、南北百丈（約三〇〇メートル）の空間であった。残念ながらこの当時の

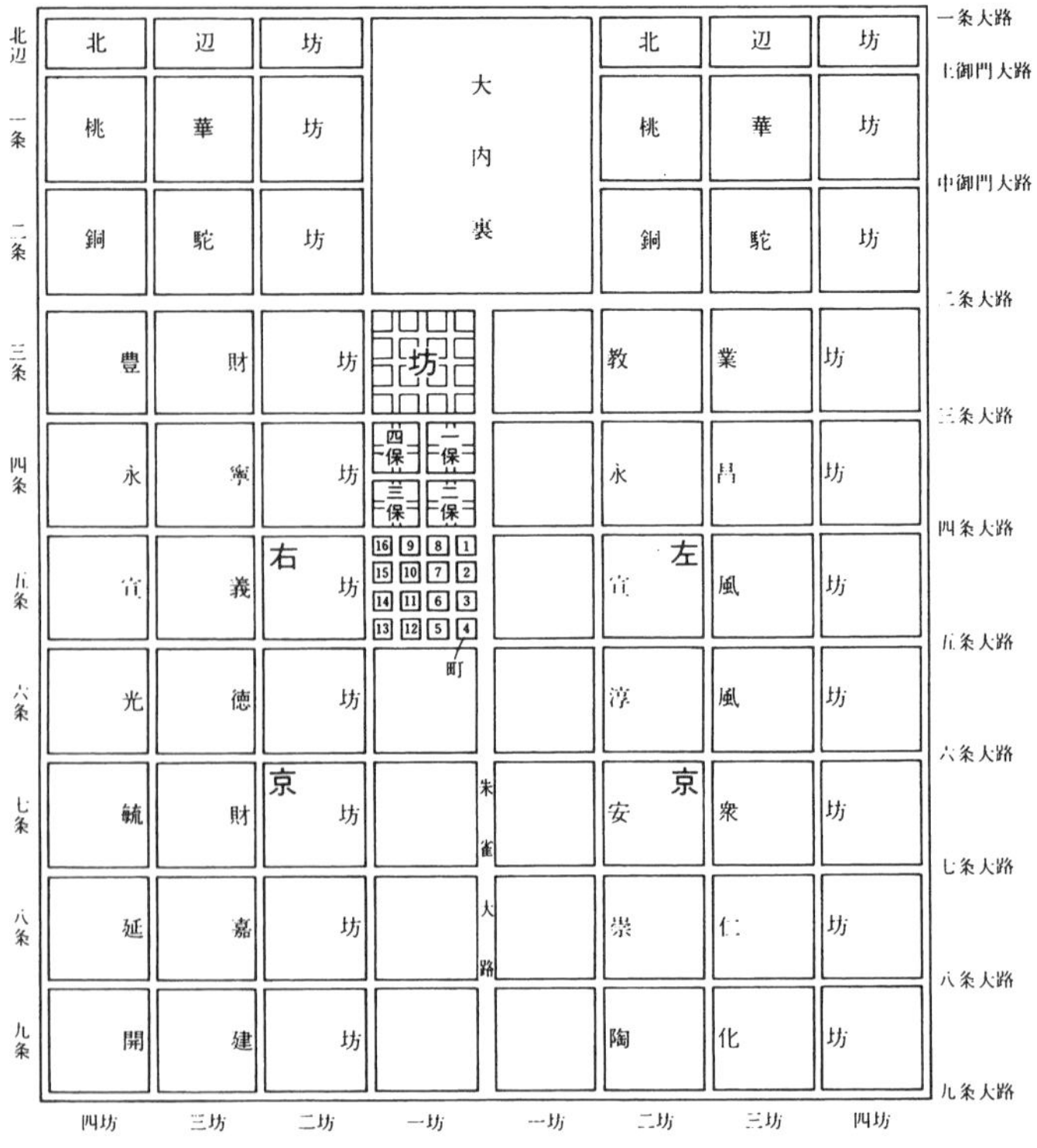
北辺
一条
二条
三条
四条
五条
六条
七条
八条
九条
一条大路
土御門大路
中御門大路
二条大路
三条大路
四条大路
五条大路
六条大路
七条大路
八条大路
九条大路
北辺坊
桃華坊
銅駝坊
大内裏
豊財坊
永寧坊
宣義坊
光徳坊
毓財坊
延嘉坊
開建坊
教業坊
永昌坊
宣風坊
淳風坊
安衆坊
崇仁坊
陶化坊
右京
左京
朱雀大路
坊
四保
一保
三保
二保
16 9 8 1
15 10 7 2
14 11 6 3
13 12 5 4
町
四坊 三坊 二坊 一坊 一坊 二坊 三坊 四坊

図1　平安京条坊図

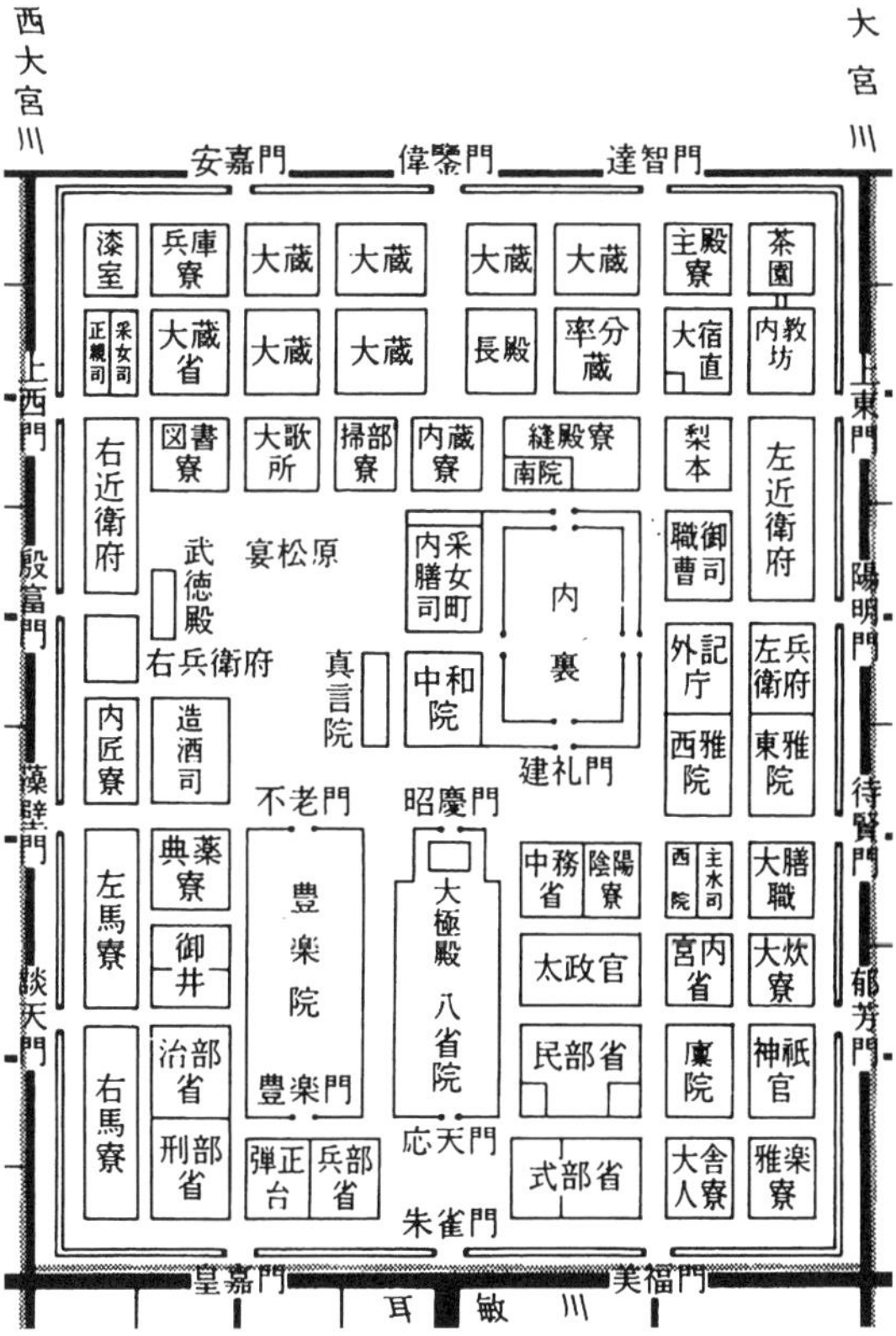
西大宮川
大宮川
安嘉門
偉鑒門
達智門
漆室
兵庫寮
大蔵
大蔵
大蔵
大蔵
主殿寮
茶園
正親司
采女司
大蔵省
大蔵
大蔵
長殿
率分蔵
大宿直
内教坊
上西門
上東門
右近衛府
図書寮
大歌所
掃部寮
内蔵寮
縫殿寮
南院
梨本
左近衛府
武徳殿
宴松原
内膳司
采女町
内裏
職御曹司
殷富門
陽明門
右兵衛府
真言院
中和院
外記庁
左兵衛府
内匠寮
造酒司
建礼門
西雅院
東雅院
藻壁門
待賢門
不老門
昭慶門
左馬寮
典薬寮
豊楽院
大極殿
八省院
中務省
陰陽寮
西院
主水司
大膳職
御井
太政官
宮内省
大炊寮
談天門
郁芳門
右馬寮
治部省
豊楽門
民部省
廩院
神祇官
刑部省
弾正台
兵部省
応天門
式部省
大舎人寮
雅楽寮
朱雀門
皇嘉門
美福門
耳敏川

図2　大内裏図

図３　京都御所の紫宸殿

内裏は現存していないが、江戸時代に内裏が再建された際、清涼殿《せいりょうでん》、紫宸殿《ししんでん》、藤壺《ふじつぼ》（飛香舎《ひぎょうしゃ》）などの一部の建物が忠実に復元された。現在の京都御所《きょうとごしょ》であり、今でもその場所で平安様式の寝殿造《しんでんづくり》の建物を目にすることができる。

本書では、平安京内裏の中に存在した「後宮殿《こうきゆうでん》舎《しゃ》」（天皇の家族が暮らす建物）という一風変わった視点から、『源氏物語』など平安時代の物語作品を読み解いていくが、その前に、『源氏物語』作者の紫式部の生涯について、彼女の内裏との関わりに着目しながら簡単にたどっていきたい。

## 紫式部の生い立ちと越前下向

紫式部は中級貴族で優れた漢学者だった藤原為時《ふじわらのためとき》と藤原為信《ためのぶ》の娘の間の子として、九七〇年頃に生まれ、同腹には姉一人と弟（兄とも言われる）の惟規《のぶのり》がいた。しかし母と姉は早くに亡くなったようである。

本名については、「藤原香子《こうし》」という説（角田文衛『紫式部の世界』）もあるが定かではない。女房としての呼び名のみ判明しており、宮仕え当初は、藤原氏出身でかつ父が式部省の役人であったことにちなんで、「藤式部《とうしきぶ》」と呼ばれていた。現在われわれが呼ぶ「紫式部」の名は、『源氏物語』の若紫巻《わかむらさきのまき》あるいはヒロイン紫《むらさき》の上《うえ》にちなんで後に付けられたあだ名であると考えられている。

紫式部は幼少期から大変利発な子だったようで、紫式部本人が書いた日記『紫式部日記《むらさきしきぶにっき》』には、為時が息子の惟規に漢文を教えていたところ、惟規ではなく横で聞いていた娘の紫式部の方が先に暗記してしまったので、「この子が男の子だったら良かったのに」と嘆いたという話が記されている。当時、漢文の学問は政治に関わる男性のみ学ぶものであったから、紫式部が漢文をいくら読みこなそうとも、為時には無駄なことに思われたに違いない。

図4　伝谷文晁筆『紫式部図』（東京国立博物館蔵／出典：ColBase〈https://colbase.nich.go.jp/〉）

図５　紫式部公園（福井県越前市）の寝殿造庭園
紫式部の越前下向を記念して造られた

図６　紫式部公園（同上）の紫式部像

さて、父為時は、花山《かざん》天皇の御代に引き立てられ、式部丞《しきぶのじょう》や六位蔵人《ろくいのくろうど》の職を務めていたものの、次の一条《いちじょう》天皇に代替わりすると職を失い、十年ほど長らく無官の身で過ごすことになる。ようやく日の目を見たのは、長徳《ちょうとく》二年（九九六）、大国であった越前国《えちぜんのくに》の国司《こくし》に任命されたときである。漢文に堪能であったことにより、越前を訪れていた宋国の商人との交渉役として選ばれたのだともいう。紫式部も父に従って、越前に下向したが、田舎の地での生活に楽しみは見出せなかったようで、彼女の和歌を集めた家集『紫式部《むらさきしきぶ》集《しゅう》』には、この地の風物を詠んだ歌はほとんど見られない。採録されている越前滞在中の歌は、どれも都を懐かしみ恋しく思うようなものばかりであった。

## 結婚と死別

この頃、紫式部には求婚者が現れていた。親族で父為時の蔵人時代の同僚でもあった藤原宣孝《のぶたか》である。当時、紫式部は二十代、宣孝はそれより二十以上年長で、既に数人の妻がおり、紫式部と同世代の息子もいたらしい。ただ、平安時代にはこれくらいの年の差婚はよくあることだった。宣孝は陽気で洒脱な人柄の持ち主で、歌舞に秀で、実務官人としても有能だったようである。ちなみに、『枕草子《まくらのそうし》』には、宣孝が吉野の金峯山《きんぶせん》に参詣する際、通常は質素な服を着ていくのに、派手な装束で出かけて世間の人々を驚かせたという話が記されている。

紫式部は長徳四年（九九八）頃、父を越前に残して一足早く帰京し、間もなく宣孝と結婚した。一女賢子《けんし》(大弐三位《だいにのさんみ》)にも恵まれたが、しかし長保《ちょうほう》三年(一〇〇一)に宣孝は急死してしまうのである。

通説では、夫を亡くしてから、つれづれを慰めるために紫式部は『源氏物語』の執筆を始めたとされる。物語を書くには、大量の紙――現代と違って平安時代の紙は高価で貴重だった――が必要であることから、彼女の才に目を付けた権力者、藤原道長《みちなが》の支援を受けて『源氏物語』が作られ始めたとの説(倉本一宏『紫式部と藤原道長』)もあるが、当時の物語は男性の文人に執筆されることが一般的だったようで、そのような時代にいきなり無名の一女性に物語制作の依頼が来るだろうかという疑問も残る。後で詳しく触れるが、紫式部には物語を愛好する友人との交流があったから、物語を書いて見せるようなこともしていて、そこから『源氏物語』の原案が生まれたのではないだろうか。まず短編の物語が紫式部自身の意志によっていくつか書かれ、ある程度好評を得た段階で、道長やその娘の彰子《しょうし》がパトロンとなり――それが彰子への出仕前か出仕後かは不明だが――長編物語に仕立て直されたようなことを想像しても良いかもしれない。短編の形であれば、必要な量の紙を調達することも可能だったであろう。

## 宮仕え生活

『源氏物語』作家として評判になった紫式部は、寛弘《かんこう》二年(一〇〇五)から三年頃の十二月末、藤原道長の娘で一条天皇の中宮《ちゅうぐう》であった彰子に召さ

図７　彰子に『白氏文集』を進講する紫式部（『紫式部日記絵詞』蜂須賀家本，個人蔵）

れることになる。彰子サロンのお抱え物語作家、後には彰子の漢詩文等の家庭教師として仕えたのであろう。紫式部は彰子に頼まれて唐の詩人白居易《はくきょい》による漢詩文集『白氏文集《はくしぶんしゅう》』を進講していた（『紫式部日記』）。

また、『紫式部日記』が寛弘五年の彰子の敦成《あつひら》親王（後一条《ごいちじょう》天皇）出産記事を中心にして記されていることから、道長家の栄華を書きとめる記録係を命じられたのだとの説もある。なお、同日記では、敦成親王生後五十日の祝いの儀で、参列者の貴族、藤原公任《きんとう》が紫式部に向かって「このわたりに、若紫やさぶらふ」――この辺りに若紫（『源氏物語』若紫巻に登場するヒロイン紫の上のことをこう呼んだ）はいませんか、とからかって呼びかけたのに対し、「光源氏に似た人だって現実にはいないのに、ましてや紫の上などがどうしてここにいるものですか」と思い返事をしなかったという興味深い話も書き留められている。紫式部が『源氏物語』の作者であることの確実な証拠であるとともに、紫の上が物語中で「上」と呼ばれるのは蓬生巻《よもぎうのまき》からであるから、寛弘五年の時点では少なくともこの辺りまで『源氏物語』が書き進められていたことを示すものである。

彰子サロンで一目置かれた存在でありながら、元来内向的で慎み深かった紫式部は周囲になじめず、孤独な思いを抱え続けていたらしい。特に宮仕え当初は、女だてらに漢文の才をひけらかし、お高くとまって他人を見下すような嫌な人間だろうと、周囲から敬遠されていた。一条天皇が『源氏物語』を読んで、作者紫式部について「この人は日本紀《にほんぎ》（六国史《りっこくし》と呼ばれる漢文で書かれた歴史書）を読んでいるにちがいない」と絶賛したことから、彼女のことを良く思わない女官によって、「日本紀《にほんぎ》の御局《みつぼね》」などという悪意あるあだ名を宮中で付けられたこともあった。ただ、漢学の素養を隠し、おっとりと振舞っていたところ、徐々に中宮彰子や同僚女房たちから好感を持たれるようになったという（『紫式部日記』）。

## 道長との関係

ところで、出仕後の紫式部は、藤原道長と恋愛関係にあったという説がある。これは、『紫式部日記』に、ある晩紫式部の局を一人の男が訪れて熱心に戸を叩いたが、恐れおののいた彼女は中に男を入れようとしなかったという話が記されており、この男の詠んだ和歌が、後世、鎌倉時代の勅撰和歌集『新勅撰集《しんちょくせんしゅう》』に採録され、作者が藤原道長とされていることによる。また、南北朝時代の『尊卑分脈《そんぴぶんみゃく》』と呼ばれる諸家の系図にも、紫式部のことを「御堂関白道長妾《みどうかんぱくみちながのしょう》」と書いている。当時は女房が主人のお手付きになることはよくあったから、ありえない話ではないが、しかし、紫式部と同時代の資料には、彼女と道長の間に情交があったことを示すものはなく、真相は不明である。たとえ『紫式部日記』の男が道長だとしても、言い寄ったのは一度きりで戯れだったかもしれない。後述するように、紫式部は上級貴族の藤原実資《さねすけ》と親しくしていたから、もし道長の愛人であったとしたら、道長を嫌っていた実資——実資は自身の日記『小右記《しょうゆうき》』の中でたびたび道長を批判している——が紫式部を近づけるはずがないだろうと主張する研究者もいる（今井源衛『紫式部の生涯』）。

## 紫式部の晩年

その後、一条天皇が崩御し三条天皇の御代になると、紫式部は彰子とともに宮中を去り、彰子邸で引き続き女房として仕えたようである。藤原実資の『小右記』長和《ちょうわ》二年（一〇一三）の記事には、実資が彰子の邸に出入りした際に、彰子への取次役を懇意にしていた女房の「越後守為時女《えちごのかみためときのむすめ》」、つまり紫式部に任せていたことがはっきりと記されている。さらに次の後一条天皇の時代にも、寛仁《かんにん》二年（一〇一八）に紫式部と思われる女房が実資の応対をしている記事が見えることから、この頃までは紫式部が宮仕えを続けていたのだろうと言われている。後一条天皇の母后である彰子は当時内裏に居住していたから、主に従って紫式部も再び華やかな宮廷に舞い戻った可能性が高いだろう。それ以降は不明であるが、長元《ちょうげん》四年（一〇三一）頃まで存命だったとする説もある。

## 想像力で描かれた物語の内裏

紫式部という人物は生涯のほとんどを都で過ごしていた。その中で、一条朝、および後一条朝においては、内裏での宮仕え生活を送っていたということになる。さて、ここで問題になるのは、紫式部の内裏経験のことである。実は、一条朝の寛弘二年（一〇〇五）十一月に火災で内裏は消失しており、それ以降、一条天皇崩御まで里内裏《さとだいり》（内裏の外に設けられた臨時の皇居）の一条院《いちじょういん》が用いられていた。とすると、紫式部は、後年後一条朝で正規の内裏に入った可能性はあるにしろ、出仕を始めた頃、一条朝においては正規内裏での暮らしを経験していないことになる。先に述べたように、『源氏物語』は一条朝の寛弘五年時点で蓬生巻あたりまで出来上がっていたようだから、少なくともそこまでの物語——桐壺巻《きりつぼのまき》の桐壺更衣《きりつぼのこうい》いじめの話

図８　夫の遺品の漢籍を取り出す紫式部（『紫式部日記絵詞』蜂須賀家本，個人蔵）

や帚木巻《ははきぎのまき》の雨夜《あまよ》の品定《しなさだ》め、紅葉賀巻《もみじのがのまき》の清涼殿における光源氏の青海波《せいがいは》の舞、花宴《はなのえんの》巻《まき》の朧月夜《おぼろづきよ》の君との逢瀬など、宮廷が舞台となる出来事がかなり多く、詳細に描かれている――を、正規内裏を見ることなしに、想像力で書き上げたことになるのである。いったい、このような驚嘆すべきことがどのようにして可能になったのであろうか。

まず、親兄弟や夫宣孝から、出仕後は同僚女房から宮廷についての情報を収集していたということが考えられるが、それだけではないだろう。紫式部は学者であった父親譲りの漢文の才を身につけており、そして幼い時から彼女の周辺には多くの漢文で書かれた父親の蔵書――歴史書・有職故実《ゆうそくこじつ》書《しょ》（行事・儀式などの研究書）があった。これらを読みこなし、物語創作の参考にしたのだろうと考えられる。実際、『源氏物語』において宮中の清涼殿で催された光源氏元服の儀式が、村上朝に成立した『新儀式《しんぎしき》』や源高明《みなもとのたかあきら》によって著された『西宮記《さいきゆうき》』などの儀式書の記述に基づいていることが明らかにされている（清水好子『源氏物語論』）。

『紫式部日記』には、宣孝の死後、紫式部が自分の邸の部屋に積み重ねられた漢籍を読んでいたところ（図8参照）、女房達に「奥様はいつもこんな風だからお幸せが少ないんですよ、何だって女が漢文を読むんですか」と陰口を言われるという話が記されている。この書物は宣孝の遺品らしいが、中には父為時から夫に譲られたものも入っているかもしれない。紫式部はこれらの書物を、結婚後、そして夫を失った後も読んでいたのであろう。

それから、もう一つ忘れてはならないのは、紫式部の交友関係である。紫式部には若い頃から何人か女友達がおり、その相談にも乗っていたらしく、『紫式部集』には彼女たちとの贈答歌が収められている。また、『紫式部日記』では、友人の中に紫式部と同様に物語を愛好する者たちもいたこと、手紙を通じて互いにさまざまな物語に対して批評し合っていたこと、出仕後にその友人らと疎遠になってしまったことなどが述べられる。その環境下で、紫式部が自作の物語を披露し意見をもらうこともあったのではないか。このようにして、紫式部は物語作家としての腕を磨き、想像力のみで物語を執筆できるような力を身につけていったのであろう。

では、紫式部は『源氏物語』の中でどのように内裏を描いたのであろうか。次章以降では、内裏の中で特に取り上げられることの多い後宮の建物――『源氏物語』では主人公光源氏の住まいや彼の恋の相手、藤壺《ふじつぼ》の宮や朧月夜の君の住まいがここにある――にスポットライトを当て、平安時代の物語における描かれ方を具体的に見ていきたい。

## 后妃の身分

本書では、天皇や東宮《とうぐう》（皇太子）の寵愛を受ける女性が多く登場するが、彼女たちを「キサキ」と片仮名表記することにする。次章に入る前に、キサキの位について、ここで簡単に説明しておこう。律令《りつりょう》制度《せいど》の後宮職員令《ごくしきいんりょう》では、天皇の最上位のキサキとして「皇后《こうごう》」（一名）、その下に内親王のみがなれる「妃《ひ》」（四品《しほん》以上、二名）と臣下の女性が任ぜられる「夫人《ぶにん》」（三位《さんみ》以上、三名）と「嬪《ひん》」（五位以上、四名）の位が定められていた。東宮のキサキの位についての規定はなかったようである。また、皇后でかつ天皇の母になった人がつく位として「皇太后《こうたいごう》」、皇后でかつ天皇の祖母になった人の位としては「太皇太后《たいこうたいごう》」の地位が存在した（後には、皇太后は前代の天皇の皇后もしくは天皇の母の位、太皇太后は皇太后が天皇の代替わりによって昇る位へと変化した）。皇后・皇太后・太皇太后の位（一条朝以降は中宮位も加わった）を「后《きさき》」とも呼び、これらは他のキサキとは別格のものであった。ちなみに后の位に立てられることを「立后《りっこう》」という（対して東宮が立てられることは「立坊《りつぼう》」とされた)。

平安時代になると、夫人と嬪は新たに設けられた「女御《にょうご》」と「更衣《こうい》」に取って代わられ、また内親王のキサキがほとんどいなくなったことにより妃《ひ》も消滅した。さらに上級貴族の娘によって後宮が独占されるようになると、村上《むらかみ》朝を最後に最下位のキサキの身分である更衣が見られなくなるのである。

一条朝になると、后の位についても変革が起こる。時の執政、藤原道隆《みちたか》の娘の定子《ていし》が一条天皇に入内した際、定子を皇后に立てたい道隆が一計を案じるのである。当時、太皇太后・皇太后・皇后のポストが全て埋まっており、太皇太后は三代前の冷泉《れいぜい》天皇の正妻昌子《しょうし》内親王、皇太后は一条天皇母の藤原詮子《せんし》、皇后は二代前の円融《えんゆう》天皇の正妻藤原遵子《じゅんし》だった。そのままでは定子が皇后になるのは無理なはずであったが、道隆は強引に皇后と同等の「中宮」——もともとは皇后の別称であった——という位を新設して定子をこれにつけた。そして、一条朝後半には、新たに権力者の座についた藤原道長の娘彰子が中宮に立ち、定子が皇后とされた。これにより、史上初めて一人の天皇に二人の正妻(后)が出現することになったのである。

この他、もとは天皇に近侍する内侍司《ないしのつかさ》という役所の長官で、一条朝になって正規のキサキに準じて寝所に召されるようになった「尚侍《ないしのかみ》」(内侍督)という上級女官職が存在した。尚侍は、藤原道長が政権を掌握した時代には、その娘たちの箔付けのために利用され、将来の后がね（后候補）たる貴族の子女が女御や中宮に昇格する前段階――入内前や東宮妃時代に就任するものへと、さらなる変化を遂げた。

ちなみに、一条朝以後成立した『源氏物語』には、一帝二后が描かれることはなく、また村上朝で絶えてしまったはずの更衣の位のキサキが見られる一方で、一条朝に見られるようなキサキ的な尚侍も登場する。この物語は、昔の時代――醍醐《だいご》〜村上朝頃の史実が物語の出来事のモデルとしてよく用いられている――と物語が執筆された一条朝の時代、どちらの時代も参考にして作り出されたのである。

# 平安時代の後宮

# 天皇と后妃の住まい

後ろの宮、と書いて「後宮《こうきゅう》」と呼ぶが、まずはこの語句の説明から始めたい。後宮という語には、①構成員としての「後宮」、②建物としての「後宮」の二つの意味がある。①は具体的には内裏《だいり》に暮らすキサキたちおよび宮廷女官を意味する。②は①が暮らす空間——平安京内裏では天皇の住まいたる清涼殿《せいりようでん》の後ろ側に位置する五つの「舎」と呼ばれる建物＝凝華舎《ぎようかしや》（梅壺《うめつぼ》）・飛香舎《ひぎようしや》（藤壺《ふじつぼ》）・襲芳舎《しゆうほうしや》（雷鳴壺《なりのつぼ》）・淑景舎《しげいしや》（桐壺《きりつぼ》）・昭陽舎《しようようしや》（梨壺《なしつぼ》）と、七つの「殿」と呼ばれる建物＝弘徽殿《こきでん》・承香殿《じようきようでん》・麗景殿《れいけいでん》・宣耀殿《せんようでん》・常寧殿《じようねいでん》・登花殿《とうかでん》・貞観殿《じようがんでん》を指す。この十二の建物は後宮殿舎と呼ばれる。本書ではこの②の意味の「後宮」——後宮殿舎を中心に取り扱う。

## 後宮殿舎とは

舎はおおよそ五間四面《ごけんしめん》の広さ（母屋《もや》が五間×二間の広さで東西南北四方に廂《ひさし》がある）、殿

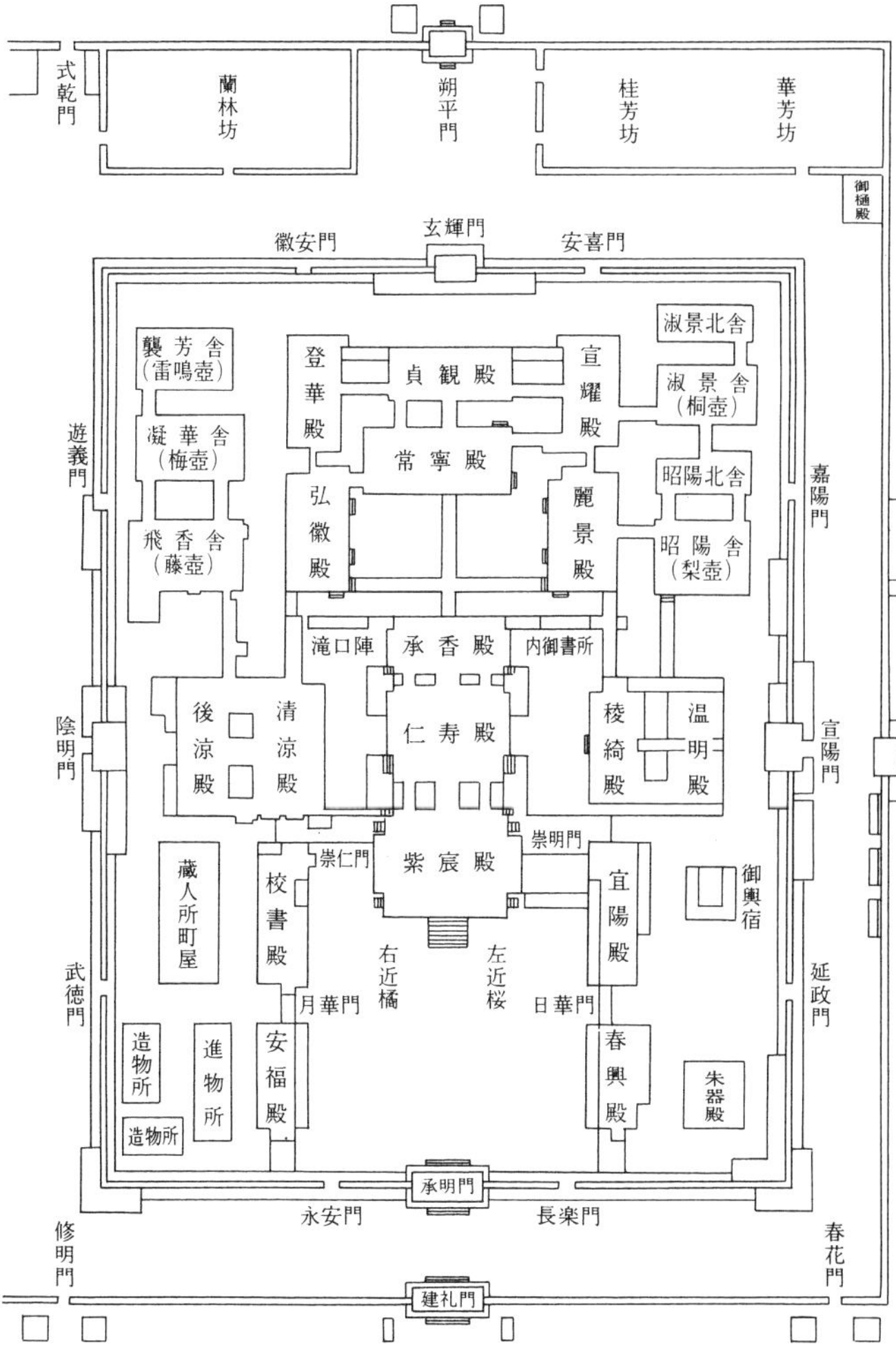
式乾門
蘭林坊
朔平門
桂芳坊
華芳坊
御樋殿
徽安門
玄輝門
安喜門
淑景北舎
襲芳舎（雷鳴壺）
登華殿
貞観殿
宣耀殿
淑景舎（桐壺）
凝華舎（梅壺）
常寧殿
遊義門
昭陽北舎
嘉陽門
弘徽殿
麗景殿
飛香舎（藤壺）
昭陽舎（梨壺）
滝口陣
承香殿
内御書所
後涼殿
清涼殿
仁寿殿
綾綺殿
温明殿
陰明門
宣陽門
建春門
崇明門
蔵人所町屋
崇仁門
紫宸殿
校書殿
宜陽殿
御輿宿
右近橘
左近桜
武徳門
延政門
月華門
日華門
造物所
進物所
安福殿
春興殿
朱器殿
造物所
承明門
永安門
長楽門
修明門
春花門
建礼門

図9　平安京内裏図

の方は七間四面《しちけんしめん》の広さ（母屋が七間×二間の広さで東西南北四方に廂がある）で、殿の方が広かった。これを現在の広さに換算してみると、仮に一間＝約三㍍として、舎が二五二平米、殿が三二四平米、それぞれダブルスのテニスコート一面分、バレーボールコート二面分くらいの大きさになるだろうか。ただし、建物によっては孫廂《まごびさし》も備えており、もう少し大きさは変わってくるようである。「○○殿」「○○舎」などの建物の名前は総じて中国風の華美壮麗を表す文字を用いて付けられたらしく、中には中国の宮殿の建物名をそのまま採用したものもあった。舎は、「○壺」という別名も有しており、そちらは壺庭（中庭）に生えている植物名に由来していた。ただし、雷鳴壺だけは特殊で、この名は、庭の木に落雷があったことによるという。

## 後宮殿舎の格付けと居住者

後宮殿舎の中では、より広い殿の方が舎より上位の建物であり、その中でも天皇のキサキの住まいとしては、常寧殿は別格として、清涼殿に隣接する殿舎――弘徽殿、次いで承香殿の序列が高かった。ただし、平安時代中期の一条朝において、藤壺（飛香舎）が中宮彰子《しょうし》（藤原道長女）に使用されたことがきっかけで、狭い舎であっても、藤壺は以後、弘徽殿とともに最上位の皇后（中宮）の住まいとして用いられるようになっていく（増田繁夫「弘徽殿と藤壺」）。

後宮殿舎には、主としてキサキや宮廷女官たちが暮らしていた。とはいえ、江戸時代の大奥やイスラム世界のハレムとは異なり、後宮の空間は、男子禁制の女の園というわけでは決してなかった。だからこそ、『源氏物語』で光源氏が藤壺の宮や朧月夜《おぼろづきよ》の君らと関係を持ったように、キサキと臣下の不義密通が起きる余地があったといえよう（高橋亨「『源氏物語』の後宮と密通」）。日常的に多くの貴族がキサキのサロンに出入りしていたことは、宮仕え体験を記す清少納言《せいしょうなごん》の『枕草子《まくらのそうし》』にも詳しい。さらに、後宮では、男子の皇子も含むキサキの所生子たちも暮らしたし、摂政・関白などの臣下の権力者が宿所として後宮殿舎を使用することがあったことにも、注意しておきたい。『源氏物語』の主人公、光源氏も、桐壺（淑景舎）を住まいとしていた。

どの建物に誰が入るかについては、本人側の意向も考慮しつつ、その時点で空いている建物の中から決定されたかと思われるが、身分や宮中に入る順番が関わり、時に権力者や天皇の母后の意向が天皇の決定に影響を及ぼすこともあったようである。このことについては次章以降で後述する。キサキたちについては、居所とした建物の名で呼ばれるのが普通で、『源氏物語』にも「桐壺更衣《きりつぼのこうい》」「弘徽殿女御《こきでんのにょうご》」「藤壺女御《ふじつぼのにょうご》」などが登場している。

## 天皇・皇后の住まいの変遷

平安京内裏において、天皇の住まいは、前述したように清涼殿であったが、この建物は内裏中央からやや左に寄っており、位置が中央よりずれているのが気にかかる。内裏の主たる天皇の住まい――内裏の正殿としては、まさしく中央に位置する仁寿殿《じじゅうでん》の方がふさわしいのではないか。

実は平安京創成当時においては、仁寿殿こそが、天皇の住まいであった。このことについては、先行研究（瀧浪貞子『宮城図・解説』）に拠りながら述べていきたい。日本には古くから新帝が旧都を忌み新都に遷都する歴代遷都の風習があり、平安時代になり、宮都が平安京に定まった後でも、遷都はなくなったが、代わりに新帝が先帝の住まいを避けて別の殿舎を住まいとすることが慣例になった。嵯峨《さが》天皇の時代に仁寿殿のスペアとしてその左脇に清涼殿が新設されてからは、本来の正殿である仁寿殿が歴代の天皇に連続して用いられることはなく、先帝が仁寿殿を使用していた場合、新帝は清涼殿を住まいとしたのである。表1の歴代天皇の住まいを見ると、光孝《こうこう》天皇の頃まで仁寿殿と清涼殿を交互に用いていることが分かるだろう。なお、先代天皇が内裏内の殿舎（仁寿殿・清涼殿）で亡くなった場合は、死の穢《けが》れを忌んで建物の解体・建て替えまで行っていたのだという。

それが、宇多《うだ》朝以降、清涼殿を中心にさまざまな儀式や年中行事の次第が確立したせいか、基本的には清涼殿が天皇の住まいとして固定された。とはいえ、清涼殿で天皇が没した場合は、建て替えなどの措置が変わらず行われている。例えば冷泉《れいぜい》天皇が村上天皇の没した清涼殿の床板を張り替え（倹約のための措置だという）、後朱雀《ごすざく》天皇が兄後一条《ごいちじょう》天皇の没した清涼殿を建て替えている。このように、かつては仁寿殿を正殿とする時代もあったのだが、平安中期以降は清涼殿が完全に天皇の居所となった。現存する『源氏物語』をはじめとする平安時代の物語でも、天皇の住まいは常に清涼殿である。

対して、キサキの住まいについてはどのような歴史をたどったのだろうか。内裏の建物に関しては、平安初期、嵯峨朝の弘仁《こうにん》九年（八一八）四月に中国風の現在知られる殿舎名に改名されたこと（『日本紀略』）が知られているが、この頃、承香殿および藤壺・梅壺はまだ建てられていなかったらしい。というのは、江戸時代の裏松固禅《うらまつこぜん》による『大内裏図考《だいだいりずこう》

表1　平安京内裏における天皇の御座所（桓武～宇多天皇）

| 天皇 | 内裏での御座所 | 出典 | 備考 |
|---|---|---|---|
| 桓武 | 正寝（仁寿殿か） | 延暦25年3月17日（日本後紀） | |
| 平城 | 仁寿殿か | | |
| 嵯峨 | 西宮（清涼殿か） | 弘仁2年2月15日（日本後紀） | |
| 淳和 | 中殿（仁寿殿か） | 天長元年12月1日（日本紀略） | |
| 仁明 | 清涼殿 | 承和5年10月13日（続日本後紀） | 避暑のため一時的に常寧殿も使用 |
| 文徳 | | | 在位中一度も内裏に入らず |
| 清和 | 仁寿殿 | 貞観7年11月4日（三代実録）など | 一時的に弘徽殿・綾綺殿も使用 |
| 陽成 | 清涼殿か | 元慶3年4月22日（三代実録）など | 一時的に仁寿殿・弘徽殿・常寧殿・綾綺殿も使用 |
| 光孝 | 仁寿殿 | 元慶8年2月28日（三代実録）など | |
| 宇多 | 清涼殿 | 寛平3年2月19日（日本紀略）など | |

証《しょう》』という平安京内裏を考証した書物があるのだが、そこに引用されたある資料（『東寺所伝大内図』）に「承香殿、弘仁以後建つる所」と記されているからである。また、藤壺（飛香舎）・梅壺（凝華舎）についても、平安時代の貴族の子弟向け教養書だった『口遊《くちずさみ》』に「飛香凝華二舎弘仁九年勘文《かんもん》に載せず。爰《ここ》に後代の所造と知るなり。其の年未だ詳《つまび》らかならず」――弘仁九年の勘文（内裏の殿舎の改名に関する臣下の意見書か）に名前が見られないので後代の建造ではないか、ともある。これらによれば、どうやら初めから五舎七殿の全てが内裏に備わっていたわけではないらしい。ちなみに、五舎七殿のみが常にキサキの居所として定められていたわけではなく、その外の場所も住まいに用いられることがあり、清和《せいわ》天皇の時代には、女御だった源厳子《げんし》は、内裏の東南に位置する温明殿《うんめいでん》に住み「温明殿女御」（『一代要記』『菅家文草』）と呼ばれた。『源氏物語』においても、桐壺帝《きりつぼてい》の御代に清涼殿の左側にある後涼殿《こうりょうでん》を居所とする更衣が登場している。

さて、それでは、平安京内裏が成立した当初、皇后の住まいはどこであったかというと、それはおそらく常寧殿だっただろうと思われる（橋本義則『平安宮成立史の研究』・東海林亜矢子『平安時代の后と王権』）。常寧殿は、後の章でも扱うが、後宮空間の中央に位置しており、天皇の正妃の住まいとしてふさわしい場所である。さらに、かつて天皇の住まいであった仁寿殿と造りが類似していることが指摘されている（鈴木亘『平安宮内裏の研究』）。

仁寿殿と対になる建物として建造され、皇后の住まいに使用されたと考えられる。承香殿が当初存在していなかったとしたら、この建物と仁寿殿が直結しているということになり、その点でも天皇の配偶者の居所として最も条件の良い場所であっただろう。平安初期の皇后（嵯峨朝皇后橘《たちばなの》嘉智子《かちこ》・淳和《じゅんな》朝皇后正子《せいし》内親王）の住まいの記録は残っていないのだけれども、仁明《にんみょう》朝から宇多朝までしばらく皇后が不在となった期間、代わりに天皇の母后（清和朝母后明子《めいし》・陽成《ようぜい》朝母后高子《たかいこ》・宇多朝母后班子《はんし》女王）がここを使用するようになったことからも、この建物が後宮の正殿として格式が高かったことがうかがい知れる。皇后・母后が居住したことから、常寧殿はやがて「后町《きさきまち》」と呼ばれるようになるのである。天皇の住まいが清涼殿に移ってからは、皇后や母后も清涼殿に隣接する弘徽殿で暮らし始めるが、住まいではなくなっても、常寧殿が皇后・母后の儀式の場として使用される慣習は長く残ることになった。

## 天皇と后妃の夫婦生活

### 清涼殿の上の御局

天皇は、清涼殿《せいりょうでん》において、日中は「昼御座《ひのおまし》」と呼ばれる空間に出御して政務を執り、夜は「夜御殿《よるのおとど》」（夜大殿）と呼ばれる寝所で過ごしていた。夜御殿の北側には「弘徽殿《こきでん》の上《うえ》の御局《みつぼね》」「藤壺《ふじつぼ》の上《うえ》の御局《みつぼね》」という二部屋が存在し、基本的には、天皇が夜をともに過ごすキサキが、夜御殿に上る前に控室として利用した。ただし、清涼殿内の他の空間を控室にすることもあり、色好みで有名な花山《かざん》天皇が、入内していた三人の女性（藤原諟子《しし》・藤原忯子《しし》・藤原姫子《きし》）を清涼殿に同時に召した際は、諟子が夜御殿に上っている間、忯子は二間《ふたま》に、姫子は大盤所《だいばんところ》（台般所）に控えていたという（『小右記』永観二年十二月十九日条）。二つの上の御局の名は、キサキの居所として「弘徽殿」と「藤壺」が代表的であったことから付けられたと思しいが、当初からの名ではなかったようである。藤原為房《ためふさ》の日記『為房卿記《ためふさきょうき》』（永保元年八月十五日条）に見られるのが早い例であることからすると、十一世紀末の白河《しらかわ》朝あたりからそう呼ばれるようになったのではないだろうか（山田彩起子『中世前期女性院宮の研究』）。ちなみに、弘徽殿と藤壺に住むキサキの専用の控室というわけではなく、それ以外の建物に住むキサキたちも利用している。もっとも、天皇のキサキの数が少ない場合は、一人が独占して上の御

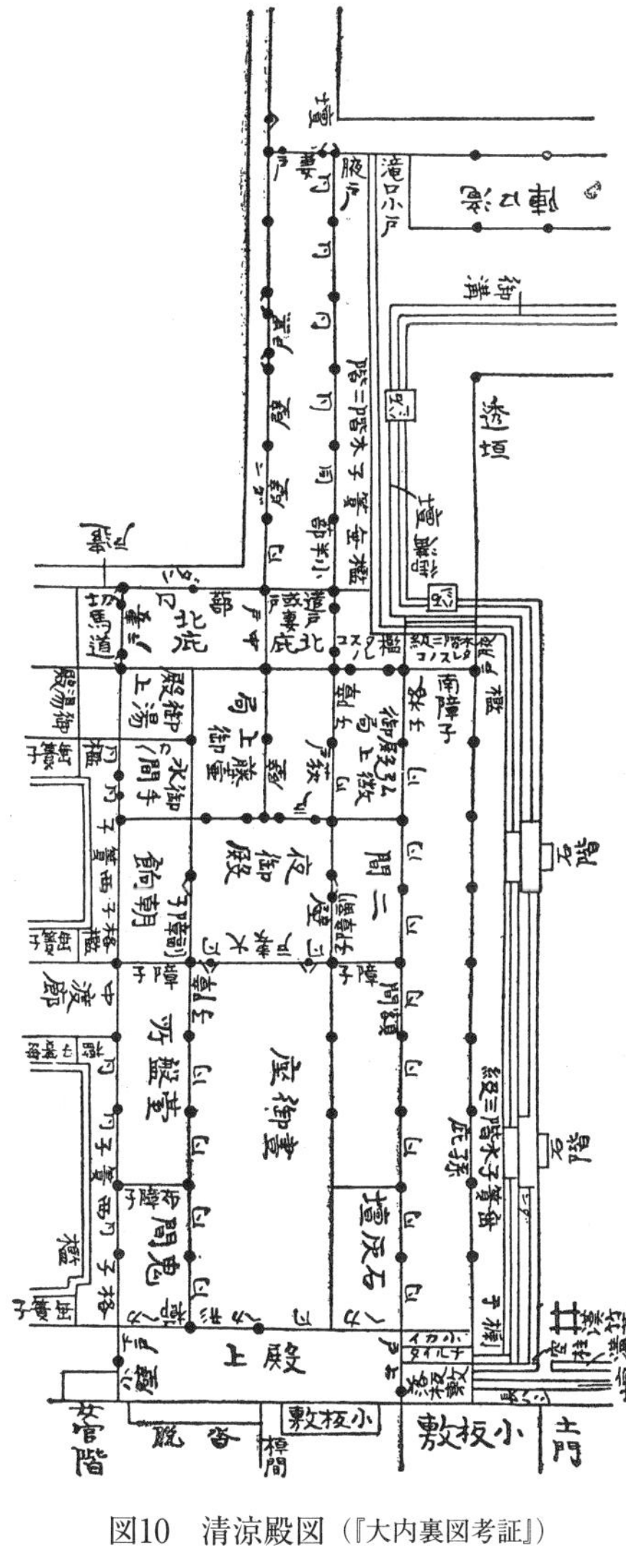

図10　清涼殿図（『大内裏図考証』）

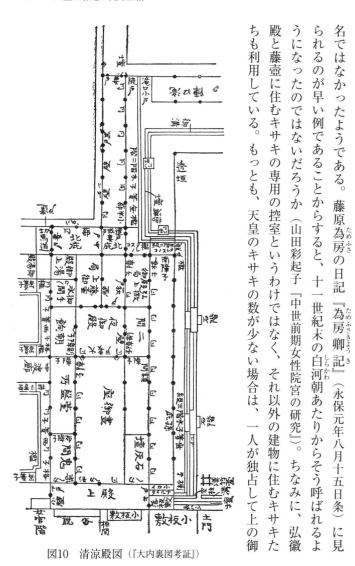

図11　京都御所　清涼殿の東側

図12　京都御所　清涼殿の東側外観

局を使用し、自分の住まいに戻らずに長期間上の御局で暮らしていた。『枕草子』でも、清少納言の主で一条天皇后の藤原定子《ていし》が上の御局にたびたび滞在しているのは、そのような事情であったのだろう（角田文衛『王朝文化の諸相』）。

上の御局については、『大鏡《おおかがみ》』（師輔伝）に興味深い話があるので紹介しておこう。

藤壺・弘徽殿との上の御局は、ほどもなく近きに、藤壺の方には小一条《こいちでうの》女御、弘徽殿にはこの后《きさき》の上りておはしましあへるを、いとやすからず、えやしづめがたくおはしましけむ、中隔《なかへだて》の壁に穴を開けて、のぞかせたまひけるに、女御の御かたち、いとうつくしくめでたくおはしましければ、「むべ、ときめくにこそありけれ」と御覧ずるに、いとど心やましくならせたまひて、穴よりとほるばかりの土器《かはらけ》の割れして、打たせたまへりければ……

村上天皇の時代、ある時、藤壺の上の御局・弘徽殿の上の御局（この名で記しているのは、『大鏡』が成立した院政期の呼称を遡って用いたのであろう）にそれぞれ小一条女御芳子《ほうし》と皇后安子《あんし》が召されて上っていた。天皇の寵愛深い芳子がどのような容貌か気になった安子は、二つの部屋の間の壁に穴を開けてのぞいたところ、芳子が大変な美人だったため、嫉妬して土器《かわらけ》（杯などの素焼きの陶器）を穴から思わず投げつけてしまった。ところが、この時芳子の部屋には村上天皇がおり、怒って安子の兄弟達の出仕を差し止めにする。そ

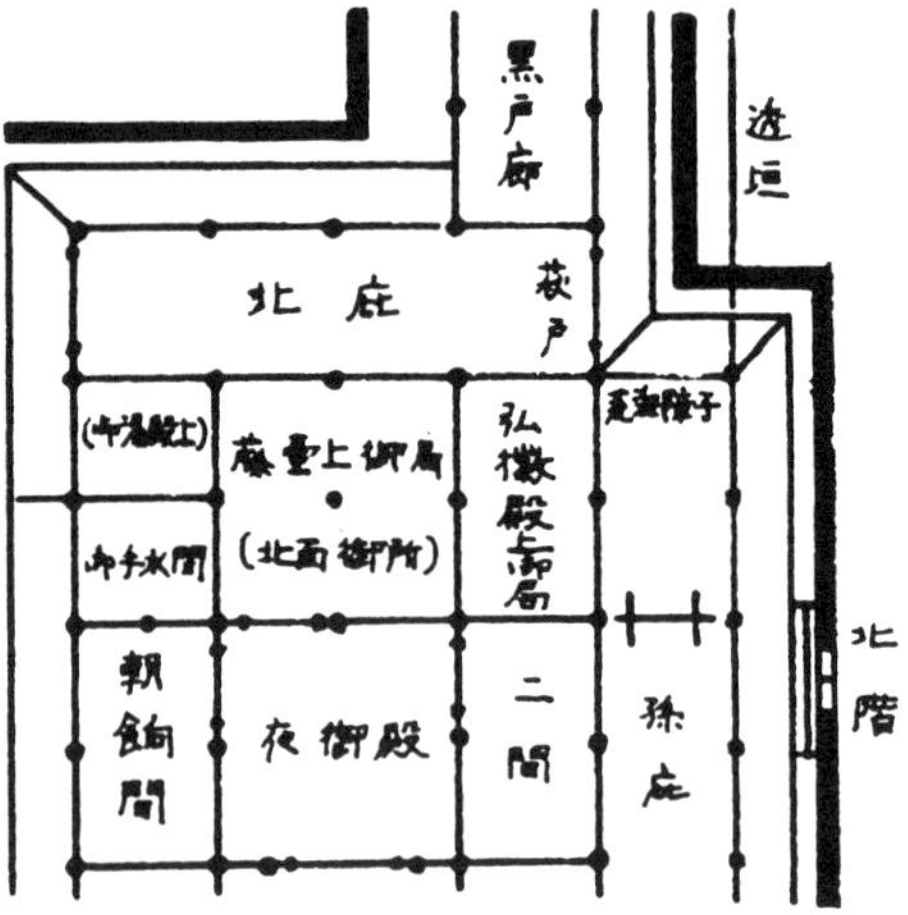


図13　島田氏復元清涼殿北部分（島田武彦「萩戸について」『日本建築学会大会学術講演梗概集（計画系）』2002年より）

れに対して安子は天皇を呼びつけ、気強く兄弟たちを許すよう求め、天皇もついに折れて謹慎処分を解いたのであった。上の御局という場所がキサキ間の競争心を煽《あお》る場所であったことがよく分かる話である。

ところで、『大内裏図考証《だいだいりずこうしょう》』によれば、清涼殿の二つの上の御局の間には「萩《はぎ》の戸《と》」と呼ばれる部屋が存在していたとされる（図10）。しかし、この想定は誤りで、図13のように、「萩の戸」は十一世紀半ば頃から清涼殿北廂の東の妻戸《つまど》の呼称（付近に萩が植えられていたことによる）として用いられるようになったもので、やがてこの戸を含む部屋自体の呼称にもなったのだという（島田武彦「萩戸について」・岩佐美代子「「萩の戸」考」）。右の皇后安子・女御芳子のいさかいのエピソードからも、二つの上の御局の間に空間がないのは明白であろう。

## 清涼殿の夜御殿と后妃の局

天皇は、清涼殿の夜御殿にキサキを召すのが慣例であったが、時に自らキサキの部屋に出向くこともあった。例えば、『枕草子』の「淑景舎《しげいさ》、春宮《とうぐう》にまゐりたまふほどの事など」の段には、昼に一条天皇が定子の住まいである登花殿《とうかでん》を訪問し、共寝した後、日没に清涼殿に戻って行き、夜には定子の方を清涼殿に上らせた、という記述がある。また虚構の物語作品の中にも、例えば『うつほ物語』では、「夜ごとに参らせ給ひ、昼も日々に渡らせ給へば……」（国譲下巻）などとあり、天皇が寵愛する女性を毎晩のように清涼殿に参上させる一方で、昼は彼女の部屋に渡っている。

こうしたことについては、益田勝実氏の著名な説がある。院政期の貴族源師時《もろとき》の日記『長秋記《ちょうしゅうき》』（長承二年九月十八日条）によれば、崇徳《すとく》天皇の時代、清涼殿の夜御殿に安置していた宝剣（皇位の象徴、三種の神器の一つである草薙剣《くさなぎのつるぎ》の形代の剣）の巻き緒が、鼠《ねずみ》に食いちぎられてしまい、問題になった。師時にその話をした貴族、藤原忠教《ただのり》は、次のように語る。

御剣は必ず夜殿の御所にあり。主上《しゅじょう》必ず此の所に寝《い》ぬ。而《しか》るに、此の二代は夜殿を捨て置きて、他の所にて御寝《ぎょしん》す。此の故に、此くのごときの事出来《しゅったい》するなり。

宝剣は清涼殿夜御殿に置かれるものであり、天皇はその権威の象徴である神器（宝剣）

に行動が縛られていたため、夜は必ずこの夜御殿で休むしきたりになっていた。ところが、鳥羽《とば》・崇徳天皇の二代の間、両天皇は別の建物で休んだため、使用されなくなった清涼殿は荒れ、鼠が出没するようになってしまったのだという。益田氏はこの『長秋記』の記述を根拠に、鳥羽朝より前、堀河《ほりかわ》朝以前は天皇が夜に清涼殿以外の場所で休むことはタブーであり、キサキの部屋で休むことはまったくなかった、キサキの部屋に行くのは昼に限定されていたと主張するのである（益田勝実「日知りの裔の物語」）。この益田説は、今日では広く受け入れられているが、天皇の聖性をあまりにも強調し過ぎてはいないだろうか。堀河朝までの帝は、例外なく必ず清涼殿夜御殿で就寝していた、とする点、いささか問題があるので、それについて触れておきたい。

確かに、天皇の、昼はキサキを訪れ夜は清涼殿にキサキを召す、という行動は先の『枕草子』や『うつほ物語』などの記述から首肯されるが、一方で、その考え方では説明のつかない事例も存在するのである。例えば、十世紀の貴族、藤原師輔《もろすけ》の日記『九暦《きゅうれき》』の天徳《てんとく》三年（九五九）六月十九日の記事には、村上天皇が皇后安子（師輔女）の住む藤壺を訪れ、初めて泊まったことが記されている。このことからすれば、天皇が夜に清涼殿を離れることは、禁忌とまでは考えられていなかったのではなかろうか。ただし、安子は、天慶《ぎょう》三年（九四〇）に藤壺で成明《なりあきら》親王（村上天皇）と婚礼を挙げ、途中二年ほど一時的に梨壺に移ったことはあったものの、天徳四年の内裏《だいり》の火災までは主として藤壺を居所としている。にも関わらず、結婚二十年目にもなって天皇が初めて藤壺に泊まった、とあるのは、通常は清涼殿の夜御殿に安子を召していたからであろう。

また、『栄花物語《えいがものがたり》』（浦々の別巻）によれば、一条天皇の中宮定子が、皇女を出産後、久々に参内し、当初後宮には入らず内裏の外にある職曹司《しきのぞうし》（職御曹司《しきのみぞうし》）を滞在場所にしたところ、「なほいとほど遠しとて近き殿《でん》に渡したてまつりて、上らせたまふことはなくて、われおはしまして、夜中ばかりにおはしまして、後夜《ごや》に帰らせたまひける……」とあり、会うのに不便と思った天皇は、定子を清涼殿に近い殿舎に移し、清涼殿に上らせることはなく、自らが夜中に定子方に出向き、後夜（夜明け前）に清涼殿へ帰ったという。なお、天皇が清涼殿に定子を召すのではなく、夜中に忍んで定子の居所を訪問したのは、定子が兄弟の藤原伊周《これちか》・隆家《たかいえ》の失脚後に出家していたため、人目を憚《はばか》っていたのだと思われる。

さらに、虚構の物語作品『夜《よる》の寝覚《ねざめ》』（巻三）では、主人公寝覚の上の義理の娘督《かん》の君（内侍督《ないしのかみ》〈尚侍〉）が帝に入内した際のことを次のように記している。

まづしきりて三夜は、〔内侍督が〕参上りたまふ。四夜といふ夜、〔帝が〕中宮の御方に渡らせたまへるに……〔帝は中宮の居所に〕おはしまし暮らして、その夜も、内侍督参上りたまひぬ。

帝は、三日連続で督の君（内侍督）を清涼殿に召し、四日目の夜は正妃の中宮のもとを訪れているのである。そして、そのまま五日目の昼までそこで過ごして、夜には再び清涼殿に督の君を召している。

以上のように、天皇が夜に清涼殿を離れてキサキのもとで休む、ということは、史実でも物語作品でも見受けられることであった。この他に、宮廷行事が行われる際、天皇が清涼殿を離れて夜を過ごしていたことも指摘されている（渡辺仁史「帝の意識とその周辺」）。益田氏の言うように、宝剣の置かれる清涼殿夜大殿での就寝が、天皇にとって決して破られてはならない掟であったとは、とても考えられないのである。

後世、十三世紀に成立した順徳《じゅんとく》天皇による有職故実《ゆうそくこじつ》書『禁秘抄《きんぴしょう》』（「殿舎渡御」）には、天皇のキサキの部屋の訪問について、「密々《みつみつ》の儀」であると記されている。ということは、清涼殿夜大殿でキサキと休むことこそ正式の作法だったことになる。天皇の結婚生活において、「夜はキサキを清涼殿に召す」という形が不文律として成立していたことが想定されるものの、しかし時にその慣行を天皇が逸脱することもあったのであろう。そもそもの起源がどうであれ、神器に関わるタブーというよりも、後にはもう少しゆるやかな慣習として認識されるようになっていたのではないだろうか。

## 上皇御所での生活

『源氏物語』を読んでいると、同じ後宮殿舎の名で呼ばれる女性が複数登場し、読者が混乱してしまうことがある。例えば「弘徽殿《こきでんの》女御《にょうご》」だと、桐壺帝《きりつぼてい》の弘徽殿女御（朱雀帝《すざくてい》母）と冷泉帝《れいぜいてい》の弘徽殿女御（頭中将《とうのちゅうじょう》女）の二人、「藤壺」あるいは「藤壺女御《ふじつぼのにょうご》」だと、桐壺帝の時代の藤壺の宮、朱雀帝の藤壺女御（女三《おんなさん》の宮《みや》母）、今上帝《きんじょうてい》の藤壺女御（女二《おんなに》の宮《みや》母）の三人も出てくるのである。実は、平安時代の後宮殿舎の居住者は、基本的には天皇の代替わりのたびに入れ替わることになっていた。天皇が譲位または死去すると、新天皇の母を除いて、前天皇のキサキは、内裏を去るのが慣例だったのである。空いた後宮殿舎には即位した天皇のキサキが入ることになる。そのようなわけで、天皇の代ごとに後宮殿舎名で呼ばれるキサキが新たに出現するという仕組みである。

天皇が亡くなった場合は、キサキたちは実家に戻ることになっていた。一方で、天皇が譲位し、上皇《じょうこう》となった場合、キサキはその後どこで暮らすのであろうか。上皇は、内裏外に位置する後院《ごいん》と呼ばれる離宮で生活した――そのことにより、後院の建物名（朱雀院《すざくいん》、冷泉院《れいぜいいん》など）はそこに暮らした上皇の異称となった――のだが、キサキも夫に付き添って後院に入ることが多かった。後院においても、上皇の寵愛をめぐって、キサキ同士の争いは絶えなかったようである。例えば、和歌にまつわる説話を載せた『大和物語《やまとものがたり》』（「なごりの藤」）には、史上の宇多《うだ》上皇（法皇《ほうおう》）のキサキに関する次のような逸話が記される。宇多上皇は後院であった亭子院《ていじのいん》でキサキたちと暮らしていたが、数年後に寵妃京極御息所《きようごくのみやすどころ》だけを連れて上皇は別の御所、河原院《かわらのいん》に移ってしまい、残されたキサキたちは悲しみにくれた。その後、殿上人たちが亭子院の藤の花を見物しに訪れたところ、藤の枝には、次のような和歌が結び付けられていたのだという。

世の中のあさき瀬にのみなりゆけば昨日のふぢの花とこそ見れ

（世の中で川の昨日の深い淵が今日は浅い瀬になると言われていますように、上皇の愛情が浅くばかりなっていきますので、この藤《ふぢ》の花も昨日の淵《ふち》――昨日までの深い愛情の名残として見ることでございます）

この歌は、『古今和歌集』の有名な和歌「世の中はなにか常なるあすか河昨日の淵ぞ今日は瀬になる」をもとにして作られた歌である。夫上皇の愛情を失ったキサキの嘆きが伝わってくる。

物語の世界でも、上皇のキサキ同士のもめ事が話題となることがあった。『源氏物語』第三部の竹河巻《たけかわのまき》では、鬚黒《ひげくろ》大臣と玉鬘《たまかずら》の間に生まれた大君《おおいぎみ》が冷泉院の後宮に入った。若くて美しい大君は冷泉院の心を捉え、さらに院の皇女と皇子を次々と出産する。こうなると古参のキサキたちは心穏やかでなく、大君に対してつらく当たるようなことも増え、最終的に大君は気苦労から里に籠りがちになったのだという。

さて、こうした例の一方で、他のキサキの存在に嫉妬するあまり、あえて後院に入らず上皇と別居するという選択をするキサキもいた。史上の円融《えんゆう》天皇には有力な二人の女御――関白藤原頼忠《よりただ》女の女御遵子《じゅんし》と藤原兼家《かねいえ》女の女御詮子《せんし》がいた。天皇は関白の娘の遵子の方を皇后に据えたが、天皇の唯一の皇子懐仁《やすひと》親王（一条天皇）を生んでいた詮子とその父兼家はこのことを深く恨んでいた。その後、詮子と懐仁親王が参内することはほとんどなかったという（『栄花物語』花山たづぬる中納言巻）。円融天皇が譲位し後院堀河院《ほりかわいん》に移った後にも、遵子は付き従ったが、詮子の方は夫と同居しなかったようである。このことは、上皇が時折詮子の住む東三条殿《ひがしさんじょうどの》に会いに行った記録が残っていることから判明している（『小右記』寛和元年二月二十日条など）。詮子が別居した理由としては、当時東宮として宮中で暮らしていた懐仁親王の世話のために頻繁に参内する必要があったからということも考えられようが、次期皇位継承者の母でもあるにもかかわらず堀河院で皇后遵子の風下に置かれることが我慢ならなかったのではないだろうか。なお、この話に影響を受けただろうと思われる物語の例については、次章で詳しく述べることにする。

# 「殿」と呼ばれる建物

# 弘徽殿と常寧殿——悪役の住まい

**后専用の建物・常寧殿**

本章から、五舎七殿の歴史上における実態と物語作品での描かれ方について具体的に見ていこう。初めに扱うのは、平安京内裏《だいり》において後宮《こうきゅう》の正殿として建造されたと思われる常寧殿《じょうねいでん》である。前章でも触れたが、後宮の真中に位置し、史上の多くの后（皇后や母后）に用いられたことから「后町《きさきまち》」と呼ばれた。また、新嘗祭《にいなめさい》の後に催される豊明節会《とよあかりのせちえ》という宴会で五節舞《ごせちのまい》を舞う舞姫の控え所が置かれたことから、「五節殿《ごせちどの》」とも称されたという。その格の高さからか、后以外にも、仁明《にんみょう》・陽成《ようぜい》・朱雀《すざく》天皇が一時的に御座所として使用することもあった。創建当初の常寧殿の造りは、平安初期の天皇の住まいだった仁寿殿《じじゅうでん》と造りが類似しており、母屋の東部分に昼の御座所として御帳台《みちょうだい》（貴人の寝台・座所として室内に置かれた調度品、図15参照）

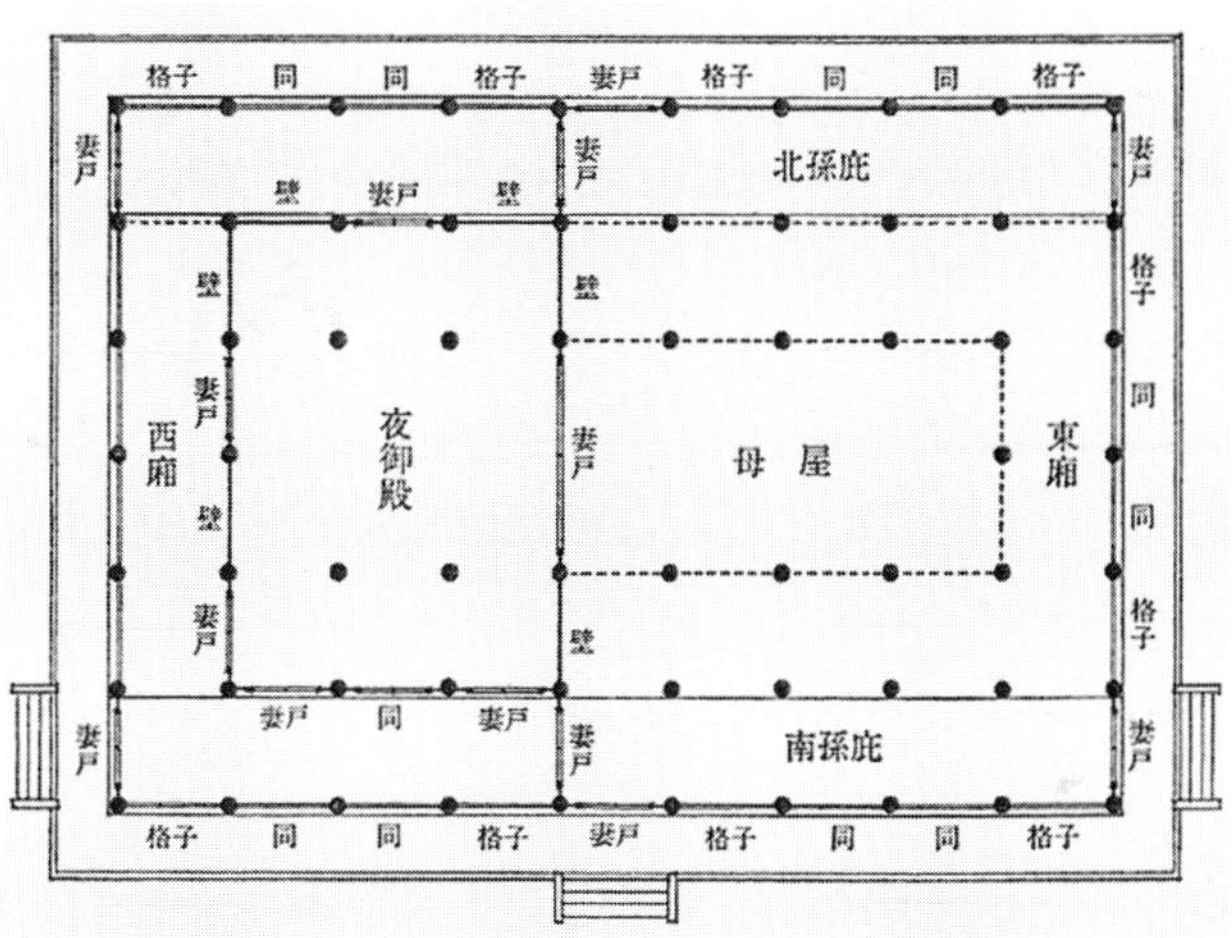


図14　鈴木氏復元初期常寧殿図（鈴木亘『平安宮内裏の研究』中央公論美術出版，1990年より）

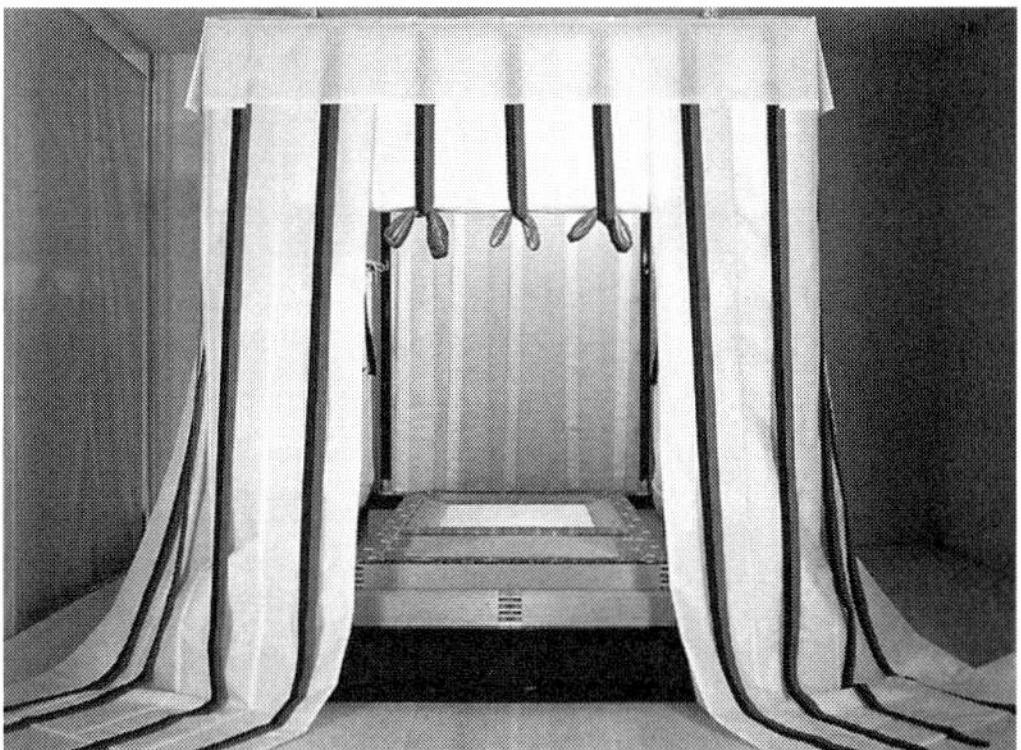

図15　復元された御帳台（国立歴史民俗博物館蔵）

が置かれた他、西側が夜御殿《よるのおとど》（寝所）として塗籠《ぬりごめ》（周囲を土壁で覆った部屋）を有する構造だったらしい（鈴木亘『平安宮内裏の研究』）。

ところで、この建物については、一般的には、平安中期、仁寿殿に代わって清涼殿《せいりようでん》が天皇の住まいとなるのに伴い、母后や皇后は常寧殿を使用しなくなり、清涼殿に隣接する弘徽殿《こきでん》に住むようになった、とだけ説明されることが多い。しかし、本当にそうだろうか。実は、平安中期以降にも、常寧殿を后が使用する例が多数見られるのである。表2によれば、醍醐《だいご》朝以後も常寧殿はたびたび用いられ、しかも使用者は全て天皇の正妃（中宮・皇后）または母后（皇太后・皇太夫人《こうたいぶにん》〈夫人《ぶにん》・女御《にようご》で天皇の母になった人の位〉）である。その一方で、使用者のその当時の住まいは弘徽殿であったことにも注目したい。これは、皇后や母后などが弘徽殿で暮らすようになったため、常寧殿は后の生活の場でこそなくなったものの、儀式・行事の場としては引き続き用いられ続けたことを意味するのであろう（東海林亜矢子『平安時代の后と王権』）。例えば朱雀朝の承平《じようへい》四年（九三四）には、皇太后藤原穏子《おんし》が自身の五十歳の賀宴《がえん》（長寿の祝の宴）の際、常寧殿とともに隣接する弘徽殿・麗景殿《れいけいでん》を会場としている。円融《えんゆう》朝では、皇后藤原遵子《じゆんし》が女官に禄《ろく》を与える儀式や季御読経《きのみどきよう》（春秋に宮中で大般若経《だいはんにやきよう》を読経させる行事）で弘徽殿・常寧殿を用いていた。さらに、後三条《ごさんじよう》朝の中宮馨子《けいし》内親王については、『栄花物語』に「中宮は弘徽殿にかけておはします。

……中宮は登花殿《とうかでん》に、五節殿かけてぞおはしましける」（松のしづえ巻）とあり、弘徽殿とともに隣接する登花殿・常寧殿（五節殿）を使用していたことが記されているのが目を引く。こうした事例からすると、常寧殿は、あたかも弘徽殿に付属する殿舎のように、弘徽殿に住む后に同時使用される場だったのではないかと推測される。日常生活は清涼殿によ

表2　常寧殿の使用者（〜後三条朝）

| 天皇 | 常寧殿使用者 | 出典 | 備考 | 使用者居所 |
|---|---|---|---|---|
| 清和朝 | 皇太后藤原明子 | 三代・貞観8・11・17等 | | 常寧殿 |
| 陽成朝 | 皇太后藤原高子 | 三代・元慶4・12・5等 | 皇太夫人時代から使用 | 常寧殿 |
| 宇多朝 | 皇太后班子女王 | 紀略・寛平4・3・13等 | 皇太夫人時代から使用 | 常寧殿 |
| 醍醐朝 | 皇后藤原穏子 | 貞・延長4・8・10等 | 寛明親王御修法や宴等に使用 | 弘徽殿 |
| 朱雀朝 | 皇太后藤原穏子 | 紀略・承平3・8・27、紀略・承平4・3・26 | 康子内親王裳着や穏子五十賀に使用 | 弘徽殿 |
| 村上朝 | 皇后藤原安子 | 村上・応和2・9・21、村上・応和3・10・2 | 安子の御修法に使用 | 弘徽殿 |
| 円融朝 | 皇后藤原遵子 | 小・天元5・5・7〜8、小・天元5・6・13 | 女官饗禄や季御読経に使用 | 弘徽殿 |
| 一条朝 | 皇太后藤原詮子 | 紀略・永延2・3・25 | 藤原兼家六十賀に使用 | 弘徽殿 |
| 後三条朝 | 中宮馨子内親王 | 栄花・松のしづえ巻 | 弘徽殿・登花殿と同時使用 | 弘徽殿<br>登花殿<br>常寧殿 |

※出典は以下の通り。三代＝『日本三代実録』、紀略＝『日本紀略』、貞＝『貞信公記』、村上＝『村上天皇御記』、小＝『小右記』、栄花＝『栄花物語』

り近い弘徽殿で行われ、常寧殿の方は、儀式などを行う際のスペースとして用いられていたのであろう。

ちなみに、常寧殿に関しては、弘徽殿で暮らした后（中宮・皇后や母后）のみが併用できる空間だったのであるが、弘徽殿・常寧殿以外にも、複数の殿舎を同時使用した事例は存在する（高田信敬『源氏物語考証稿』）。前述のように、朱雀朝の藤原穏子や後三条朝の馨子内親王は、弘徽殿・常寧殿に加えて麗景殿や登花殿も併用していた。この他にも、宇多《うだ》朝の皇太后班子《はんし》女王は、自身の六十歳の賀宴で、常寧殿・麗景殿を儀式の会場として使用している（『母后代々御賀記』）。後朱雀《ごすざく》朝の皇后禎子《ていし》内親王は、東宮妃時代から宣耀殿《せんようでん》・麗景殿を、中宮嫄子《げんし》女王も女御時代から弘徽殿・登花殿を使用していた（『栄花物語』暮まつほし巻）。これらはどれも隣接する殿舎の使用例である。後見勢力の強い格上のキサキだったり、後宮に居住する競争相手のキサキが少なかったりすると、隣り合う複数の殿舎を一人で使用することができたようである。

## 『うつほ物語』の常寧殿

常寧殿（后町）は、平安時代の物語の中で、『うつほ物語』という作品にのみその名を見せ、物語中の重要人物、后宮《きさいのみや》に使用されている。后宮は藤原氏出身で、朱雀帝《すざくてい》の皇后かつ東宮（新帝《しんてい》）の母后であった。夫帝の寵愛する仁寿殿女御《じじゅうでんのにょうご》（源正頼《まさより》の長女、物語のヒロインあて宮の姉）を憎んでいる。

それ故に、物語後半、新帝の御代に、源氏出身のあて宮が生んだ第一皇子ではなく同族藤原氏出身の姪《めい》の梨壺《なしつぼ》の腹の第三皇子を東宮に立てようと計略をめぐらしており、あて宮に対立する悪役的存在として描かれる。

后宮は、兄弟の太政大臣藤原忠雅《ただまさ》――藤原氏にも関わらず、愛妻が正頼の娘だったため、梨壺腹皇子の立太子に及び腰であった――を味方につけようとし、彼を源氏一族から引き離すために自分の娘（姫宮）に婿取ろうと企む。

図16　后　宮

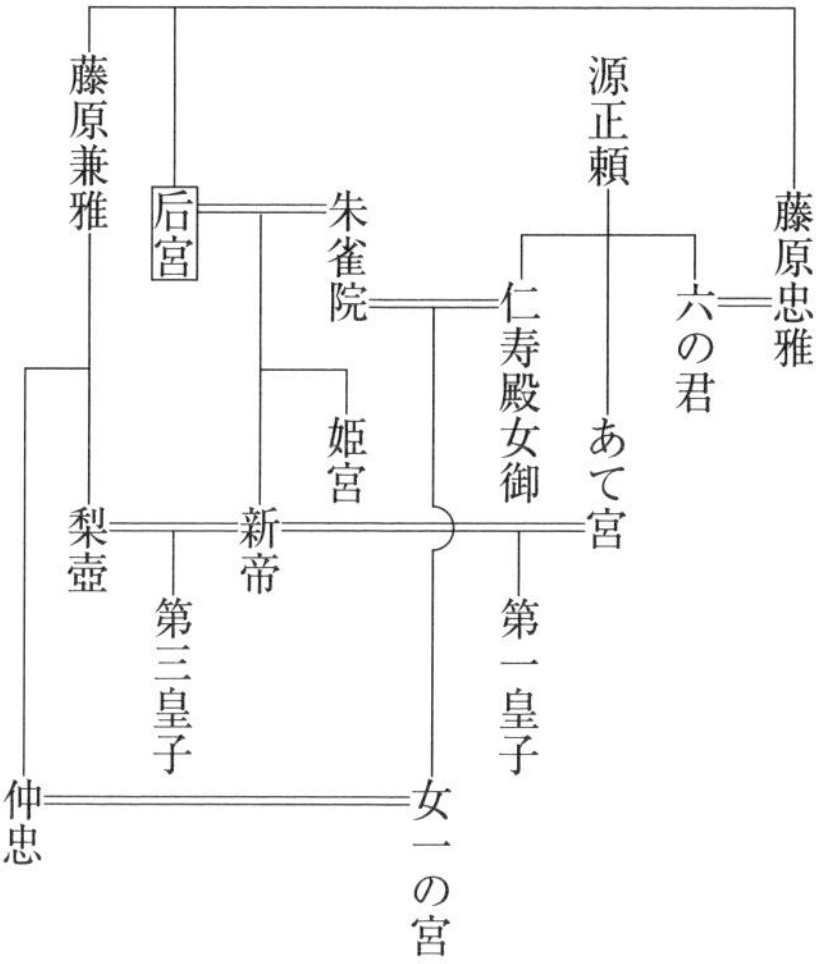


彼岸のほどに、よき日を取りて、さるべきこと思し設けて、「后町に、忍びてものせむ。院、聞こし召しても、悪しうものたまはじ……これも、歳もまだ若う、かたちも心も目安し。世の一の人にもあれば」など思ほして、太政大臣《おほきおとど》に、「聞こゆべきことなむある。今宵、ここに、忍びてものし給へ」とあり。　（国譲下巻）

（后宮は、彼岸の頃に日取りの良い日を決め

図17　立坊争いで暗躍する后宮
（『うつほ物語』国譲下巻，延宝五年板本）

て、しかるべきことを御準備されて、「后町〈常寧殿〉でこっそりと婚儀の事を行おう。朱雀院も、お聞きになっても悪くはおっしゃるまい。……忠雅も、まだ歳も若く、容貌も人柄も感じが良い。太政大臣として世の第一の人でもあることだし」などとお思いになって、太政大臣忠雅に、「申し上げなければならないことがあります。今夜ここに、人目を忍んでお越しください」と言伝《ことづて》なさる。）

后宮は、夫の朱雀帝が譲位して我が子の東宮（新帝）が即位した後も、内裏に留まっていた。この場面からは、彼女が常寧殿（后町）を用いており、そこで忠雅と姫宮の婚儀を行おうとしていたことが読み取れる。平安時代の母后の多くは、息子の天皇の即位後も内裏に残り、政治的発言力を持った存在として後宮に君臨していたのであるが、その際に、前掲表2で見た通り、しばしば常寧殿を使用していた。『うつほ物語』においては、史上のこうした天皇への影響力を有した母后たちを想起させるため、彼女たちにならって后宮に常寧殿を使わせたのである。物語は、常寧殿を介在させることで、読者の脳裏に権力を握った母后の像を呼び起こすことに成功している。后宮を強大な敵として描くことで、ヒロインあて宮を追い詰め、東宮の位をめぐる争いを、どちらが勝利するか分からないスリルある展開へ導こうとするのである（片桐洋一「うつほ物語の方法（二）」）。

なお、『うつほ物語』では、キサキの住まいとしてさまざまな後宮殿舎が出てくるが、なぜか皇后や母后の住むことが多かった弘徽殿の名は見えない。しかし、前項で述べたように、弘徽殿に住んだ后は、同時に常寧殿を儀式の場として用いることが多かったのである。とすれば、常寧殿を婚儀の会場に用いようとした朱雀帝后宮が、普段は弘徽殿で生活していた可能性は高い。両殿舎は、『うつほ物語』が書かれた頃には、二つで一つのように思われており、当時の読者は、「后町」（常寧殿）と出てきただけで、その背後に弘徽殿の存在も読み取っていたのではないだろうか。

## 後宮最上位者の生活の場・弘徽殿

前述のように、天皇の御座所が清涼殿に定まった後は、弘徽殿が後宮の最上位者の住まいとなっていた。ただし、表3に見られるように、皇后や母后ら后専用の建物というわけではなく、母后や皇后・中宮が不在の際は、将来立后する可能性の高い有力な女御が住むこともあった（増田繁夫「弘徽殿と藤壺」・植田恭代『源氏物語の宮廷文化』）。醍醐朝の藤原穏子、村上《むらかみ》朝の藤原述子《じゅっし》、円融朝の藤原遵子、花山《かざん》朝の藤原忯子《しし》、一条《いちじょう》朝の藤原義子《ぎし》、後一条《ごいちじょう》朝の禎子内親王、後

表3　弘徽殿の居住者（～後三条朝）

| 天皇 | 弘徽殿居住者 | 出典 | 備考 |
|---|---|---|---|
| 醍醐朝 | 藤原穏子（女御→皇后） | 醍・延喜13・正・14等 | 穏子は故関白藤原基経女で東宮保明親王・寛明親王らの母。 |
| 朱雀朝 | 藤原穏子（皇太后） | 本・天慶元・11・3等 | 穏子は朱雀天皇の母后。 |
| 村上朝 | 藤原述子（女御） | 貞・天暦元・10・5 | 述子は藤原実頼女。藤原安子と正妃の座を争った。天暦元年死去。 |
| | →藤原穏子（太皇太后） | 村・天暦7・正・3等 | 穏子は村上天皇の母后。天暦八年に死去。 |
| | →藤原安子（皇后） | 紀・応和元・12・17等 | 安子は藤原師輔女。初め藤壺に住み、立后後に弘徽殿に移る。康保元年死去。 |
| | →為平・守平親王 | 西（五月：「六日幸武徳殿」）・康保2・6・7 | 為平・守平は村上天皇皇子で母は安子。弘徽殿で養育され、母の死後も弘徽殿を居所とする。 |
| 円融朝 | 藤原遵子（女御→皇后） | 紀・天元3・9・13等 | 遵子は関白藤原頼忠女。初め承香殿に住み、皇后藤原媓子の死後に弘徽殿に移る。 |
| 花山朝 | 藤原忯子（女御） | 紀・永観2・11・7等 | 忯子は藤原為光女。花山天皇叔父藤原義懐に支持され入内する。寛和元年死去。 |
| 一条朝 | 藤原詮子（女院） | 時・三番歌 | 詮子は一条天皇の母后。 |
| | →藤原義子（女御） | 栄・みはてぬゆめ巻等 | 義子は藤原公季女。中宮藤原定子の権勢が衰えた後に入内する。 |
| | →敦康親王 | 権・長保3・8・11等 | 敦康は一条天皇皇子で母は藤原定子。母の死後に弘徽殿で養育される。 |
| 後一条朝 | 藤原彰子（太皇太后） | 御・寛仁2・4・28等 | 彰子は後一条天皇の母后。 |
| | →禎子内親王（東宮妃） | 小・万寿4・3・23等 | 禎子は三条天皇皇女で東宮敦良親王妃。東宮妃として初めて弘徽殿を使用した。 |
| | →藤原彰子（女院） | 左・長元9・4・22等 | 禎子が宣耀殿・麗景殿に移ったため、再び彰子が使用した。 |
| 後朱雀朝 | 嫄子女王（女御→中宮） | 栄・暮まつほし巻等 | 嫄子は関白藤原頼通養女。弘徽殿・登花殿を同時使用した。長暦三年死去。 |
| | →禎子内親王（皇后） | 栄・暮まつほし巻 | 嫄子の死後に弘徽殿を使用した。 |
| 後三条朝 | 馨子内親王（中宮） | 栄・松のしづえ巻 | 馨子は後一条天皇皇女。弘徽殿・登花殿・常寧殿を同時使用した。 |

※出典は以下の通り。醍＝『醍醐天皇御記』、本＝『本朝世紀』、貞＝『貞信公記』、村＝『村上天皇御記』、紀＝『日本紀略』、西＝『西宮記』、時＝『時明集』、栄＝『栄花物語』、権＝『権記』、御＝『御堂関白記』、小＝『小右記』、左＝『左経記』

朱雀朝の娍子女王は女御にも関わらず弘徽殿を使用していたが、それはその時点で後宮において強い勢力を有する女御だったからである。実際彼女たちの内の何人かは后に立てられ、その後も弘徽殿を使用し続けている。ちなみに、まだ后になっていない女御が弘徽殿に住む場合、隣接する常寧殿を使用することはできなかったようである。弘徽殿は、キサキ以外では、后腹の高貴な親王にも用いられていた。村上朝の皇后安子《あんし》腹の為平《ためひら》・守平《もりひら》親王、一条朝の皇后定子《ていし》腹の敦康《あつやす》親王が、母亡き後に弘徽殿で暮らしていた。この内、為平・守平の場合は、母安子の生前からその居所、弘徽殿で育てられていたこともあり、安子の死後も引き続き弘徽殿を使用することになったのであろう。

さて、平安朝の物語作品においても、格の高い弘徽殿は勢威あるキサキに用いられる場所であった。『源氏物語』においては、三人の弘徽殿を使用する女性が登場する。

## 『源氏物語』の三人の弘徽殿

まず一人目は、桐壺帝《きりつぼてい》の時代の弘徽殿女御《こきでんのにょうご》である。藤原氏の右大臣《うだいじん》の娘で、桐壺帝に誰よりも早く入内し、第一皇子の東宮（朱雀帝《すざくてい》）を産み、桐壺帝後宮において当初最も勢力を有した女性だった。しかし、帝の寵愛という点では、光源氏母の桐壺更衣《きりつぼのこうい》や先帝《せんだい》皇女の藤壺《ふじつぼ》の宮に後れをとり、それ故に桐壺更衣・光源氏母子や藤壺の宮を憎む悪役的存在として造型されている。彼女は、東宮の母でありながら、立后争いでは藤壺の宮に敗れて

図18　桐壺帝の弘徽殿女御

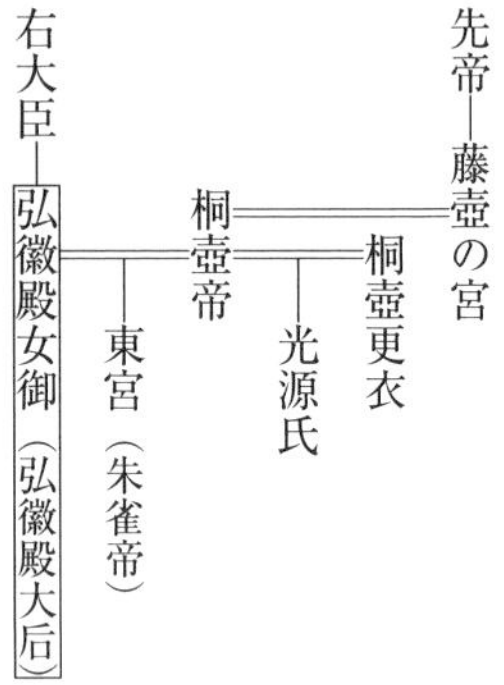


図19　朧月夜の君

図20　冷泉帝の弘徽殿女御

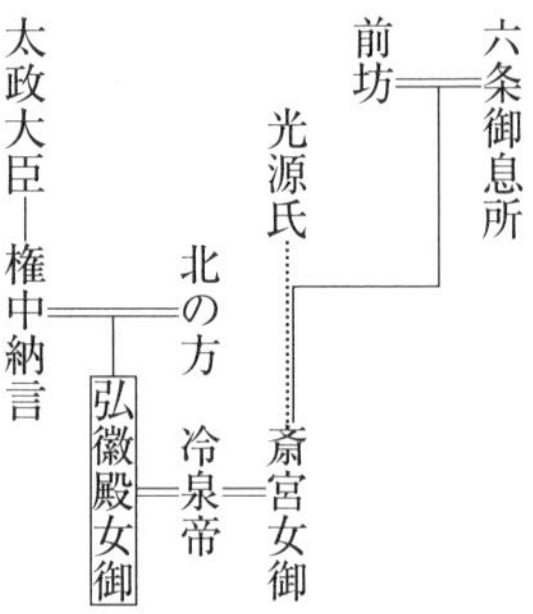


しまうが、息子朱雀帝の即位後は皇太后に立てられている。

二人目は、朧月夜《おぼろづきよ》の君である。右大臣の六女で、一人目に挙げた弘徽殿女御（弘徽殿《こきでんの》大后《おおきさき》）の妹であった。初め、甥《おい》の東宮（朱雀帝）に入内予定だったが、入内直前に、宮中で開催された花宴《はなのえん》の見物のため姉の住む弘徽殿を訪れた際に、光源氏と出逢い恋仲になってしまう。このことが露見し、一度は入内話が立ち消えとなった。その後、しばらくは、御匣殿《みくしげどの》（天皇の衣服の裁縫を司る女官の役所）の別当《べっとう》（長官）として宮仕えしていたが、最終的に尚侍《ないしのかみ》（后妃に準じて天皇の寵愛を受けることもある女官職）として朱雀帝に入内する。その身位は正規のキサキでなく女官にすぎなかったが、帝から寵愛され、さらに姉の弘徽殿大后という強力な後盾もあり、朱雀帝後宮では圧倒的な勢力を有した。住まいについても、条件の良い弘徽殿を姉から譲られていた。

三人目は冷泉帝《れいぜいてい》の弘徽殿女御であった。この人は、光源氏の友人であった藤原氏の権《ごん》中納言《ちゅうなごん》（読者には若き頃の頭中将《とうのちゅうじょう》の名で知られる）の正妻腹の娘である。祖父太政大臣《だいじょうだいじん》（かつての左大臣《さだいじん》）の養女として冷泉帝に最初に入内し、寵愛もあつかったが、前坊《ぜんぼう》（前東宮）と六条御息所《ろくじょうのみやすどころ》の遺児で権力者光源氏の養女である斎宮女御《さいぐうのにょうご》（梅壺女御《うめつぼのにょうご》）に敗北し、立后することが叶わなかった。

以上の三人は、いずれも藤原氏出身で、有力な地位にある女性たちである。特に桐壺帝の弘徽殿女御と冷泉帝の弘徽殿女御は、最古参の女御で、后に立てられる可能性が非常に高かった。『源氏物語』の時代設定は、おおむね醍醐朝から村上朝あたり――平安時代中期とされるが、この頃の史実においては、勢力の強い藤原氏出身の女性が皇后（中宮）に立てられ、その所生子が立太子することが半ば慣例化しており（島田とよ子「『源氏物語』の皇后冊立の状況」・福長進「『栄花物語』から『源氏物語』を読む」）、また一番最初に入内し長い間夫を支え続けた女性が立后することも多かったのである（青島麻子「「添臥」葵の上」）。

ところが、結果として、立后争いに勝利するのは、藤原氏でも最古参でもない、弘徽殿以外の建物――それも格下の「舎《しゃ》」であった藤壺や梅壺――に暮らす、藤壺の宮、梅壺女御などの女性たちであった。藤壺の宮は主人公光源氏の母代わりにして初恋の女性、梅壺女御は光源氏の養女である。主人公側の女性が、源氏（皇族）出身で後から入内し、格下の建物に住みながらも、不利な状況をはねのけて見事に立后を果たすという独自の展開を見せるのである。

この物語では、史実同様に弘徽殿を后の有力候補である女性の住まいとしつつも、一方で、史実と異なりその女性は常に敗北する（植田恭代『源氏物語の宮廷文化』）。劣った殿舎に住む女性を立后争いの勝者としており、その意外性によって読者にインパクトを与えている。

## 悪役の母后の居所

『源氏物語』で、ひときわ悪役として存在感を見せるのが、主人公光源氏を憎んでいた弘徽殿大后（桐壺帝の弘徽殿女御）である。朱雀帝の寵妃、朧月夜の君との密通事件を起こした光源氏を失脚させようと企んだ結果、謀反を疑われ追い詰められた光源氏は、ついには都を退去し須磨《すま》で流謫《るたく》生活を送らざるをえなくなるのである。ところで、実はこの女性は、先行の『うつほ物語』に登場する悪役、朱雀帝の后宮に大変よく似ていることが指摘されている（沼尻利通「物語の国母」・栗本賀世子『平安朝物語の後宮空間』）。以下、二人の共通点について見ていこう。

まず身分であるが、后宮は新帝の母、弘徽殿大后は朱雀帝の母である。ともに天皇の母后として強大な権力を握り、政治のことに口出しをした。次に性格であるが、后宮の場合は、「いとおぞく、心かしこくものし給ふ」（国譲中巻）と、性格がきつく、しっかりとした女性であることが述べられていた。一方で、弘徽殿大后については、次のようなことが記されている。

風の音《おと》、虫の音《ね》につけて、もののみ悲しう思さるるに、弘徽殿には、久しく上の御局にも参上《まうのぼ》りたまはず、月のおもしろきに、夜更くるまで遊びをぞしたまふなる。……いとおし立ちかどかどしきところものしたまふ御方にて、事にもあらず思し消ちてもてなしたまふなるべし。（桐壺巻）

寵愛する桐壺更衣を亡くした後、悲しみに沈み更衣を偲ぶ生活を送る桐壺帝に対し、弘徽殿女御（弘徽殿大后）はその側に参上することもなく、夫の神経を逆撫でするかの如く、月を愛でて管絃の遊びに興じている。物語はその理由としてこの女性が「いとおし立ちかどかどしきところものしたまふ」——我が強く角のある性格だから、帝の嘆きなど歯牙にもかけず振舞うのだ、と説明している。このように、どちらの女性も、意地悪な悪役にふさわしい気の強い女性であった。

教養という点に関しても、両者は類似する。

「……四人《よたり》の翁を語らひてこそ、ことはなしけれ。五人の心を一つにて、『昔より、かうなむある。このこと許されずは、山林《やまはやし》に交じりて、朝廷《おほやけ》にも仕うまつらじ。何を勇みにてか』と申されば、さりとも、え否《いな》び給はじ……」（国譲下巻）

（「……呂后《りょこう》は四人の老人を説得して息子の即位を実現させたのです。我ら藤原氏一族の五人の心を一つにして、『昔から藤原氏の血を引く皇子の立太子が慣例です。このことが許されないのであれば、山林に入って、朝廷にもお仕え申し上げますまい。何を励みとして出仕いたしましょう』と申されたならば、そうはいっても、新帝は拒否なさることはできますまい……」）

これは、后宮が、姪の梨壺の産んだ皇子が立太子するよう、中国の呂后と四人の賢人の故事のように、母后である自分と藤原氏一族五人で結束して新帝に訴えようと、兄弟に呼びかけた場面である。漢《かん》の時代の皇后呂后は、夫皇帝の高祖《こうそ》が、我が息子を皇太子の地位から降ろして、他の妻戚夫人《せきふじん》の産んだ子を皇太子に据えようとしていることに気付いた。そこで、彼女は、息子のもとに有名な四人の賢人を招いて味方につけたところ、天下の賢人を従えていることに驚いた高祖は、息子を皇太子に留め置いたのだという（『史記』「留候世家」）。

弘徽殿大后にも、次のような発言があった。

「朝廷《おほやけ》の勘事《かうじ》なる人は、心にまかせてこの世のあぢはひをだに知ること難うこそあな

れ、おもしろき家居して、世の中を譏《そし》りもどきて、かの鹿を馬《むま》と言ひけむ人のひがめるやうに追従《ついしよう》する」（須磨巻）

（「朝廷の勘当を被った人は、気ままに日々の食物の味さえ知ることさえ難しいというのに、風流な家に住んで、世間の悪口を言い非難して、それにまた世の人があの鹿を馬とかいった者たちのように誤ったことをしてこびへつらっている」）

光源氏が都を離れ須磨で謹慎している間も、親交のあった人々が文を送って交流を続けており、そのことに激怒した際の言葉である。ここでは、中国の秦《しん》の反逆者趙高《ちようこう》が、臣下たちが皇帝と自分のどちらに味方するかを確かめようとし、皇帝に献上する鹿をわざと馬だと言い張って、誰が自分に味方してそれに賛同するか様子をうかがったという故事（『史記』「秦始皇帝本紀」）を引く。光源氏を趙高になぞらえ、彼に心寄せる人々を批判するのである。

平安時代、漢学（中国の歴史や文学）は、男性貴族にとって必須の教養である一方、政治に関与しない女性には不要のものとされ、一般的に女性に学ばれることはなかった。ただし、政治に参加することもあった皇后や母后などは、漢籍の知識を身につけることもあったという（神尾暢子「藤壺中宮と御后言葉」）。『うつほ物語』后宮も『源氏物語』弘徽殿大后も、どちらも母后にふさわしい漢学の素養を備えた聡明な女性として造型されている

図21　后宮と弘徽殿大后

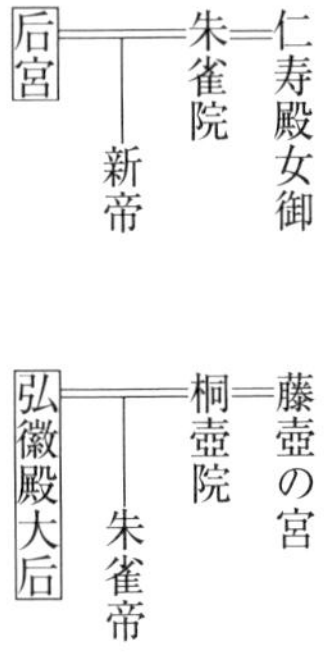


のであった。

そして、第四の共通点として挙げられるのが、その住まいである。『うつほ物語』（国譲下巻）では、后宮の夫の朱雀帝が譲位後に内裏を出て後院《ごいん》に入った際に、寵妃の仁寿殿女御だけが付き添い、恋敵への対抗心があった后宮は息子の新帝の住む内裏に残った。対して、『源氏物語』でも、桐壺帝が譲位後に暮らした後院では、藤壺の宮だけが「ただ人《うど》のやうにて添ひおはします」（葵巻）――一般の臣下の夫婦のように側につきっきりの状態で、心穏やかではない弘徽殿大后は、息子の朱雀帝のいる内裏に留まった。両者には、夫の寵愛する女性に嫉妬し、夫と別居して息子のいる内裏に住むという類似が見られるのである。史上において夫上皇と別居するキサキといえば、前章で取り上げた円融上皇女御藤原詮子が思い浮かぶが、『うつほ物語』と『源氏物語』は、この事例をモデルにして描いたのかもしれない。さらに付け加えて言うならば、二人の内裏における拠点も、ともに弘徽殿で一致していた。后宮については、常寧殿を使用していることが物語中に記されるが、前述のように常寧殿と弘徽殿を併用していたと考えられるのである。弘徽殿大后は、桐壺帝の時代には弘徽殿で暮らしており、朱雀帝の時代にも妹朧月夜が入内するまでそこを用いている。

『源氏物語』作者は、先行の物語作品『うつほ物語』の悪役后宮の影響を受けて、弘徽殿大后という人物を作り出したのであろう。この二人は、帝の母后として絶大な権力を握り、主人公（あて宮や光源氏）を窮地に追い詰めるという重要な役回りを務めている。それだけでなく後宮での住まいなど細かい設定に注目してみても、ともに同じ弘徽殿という建物を使用している。ここから、『源氏物語』作者がいかに人物造型に細心の注意を払っていたかということについて、うかがい知ることができよう。

## 男女の出逢いの場

『源氏物語』の弘徽殿は、弘徽殿大后ら有力なキサキの住まいであった一方、それとは別に、物語中のある重要な出来事の舞台として読者に印象深い。光源氏の須磨流謫の直接的な原因となったのが、政敵右大臣家の娘かつ朱雀帝の寵妃である朧月夜の君との密通だったが、その彼女と光源氏が初めて出逢った場所が弘徽殿だったのである。

光源氏二十歳の春、桜を鑑賞する花宴《はなのえん》が宮中の南殿《なんでん》（紫宸殿《ししんでん》）で催された（花宴巻）。宴が果てて夜も更けた頃、想いを寄せる藤壺の宮に逢えないかと藤壺の殿舎の近辺をうろつく光源氏であったが、建物の入り口は固く閉ざされており、入り込む隙はなかった。他方で、反対側に位置する弘徽殿の細殿《ほそどの》（西の廂《ひさし》の間、図22・図23参照）の三の口が空いたままになっていることに気付く。都合の良いことに、その夜は弘徽殿の女主人である女御が

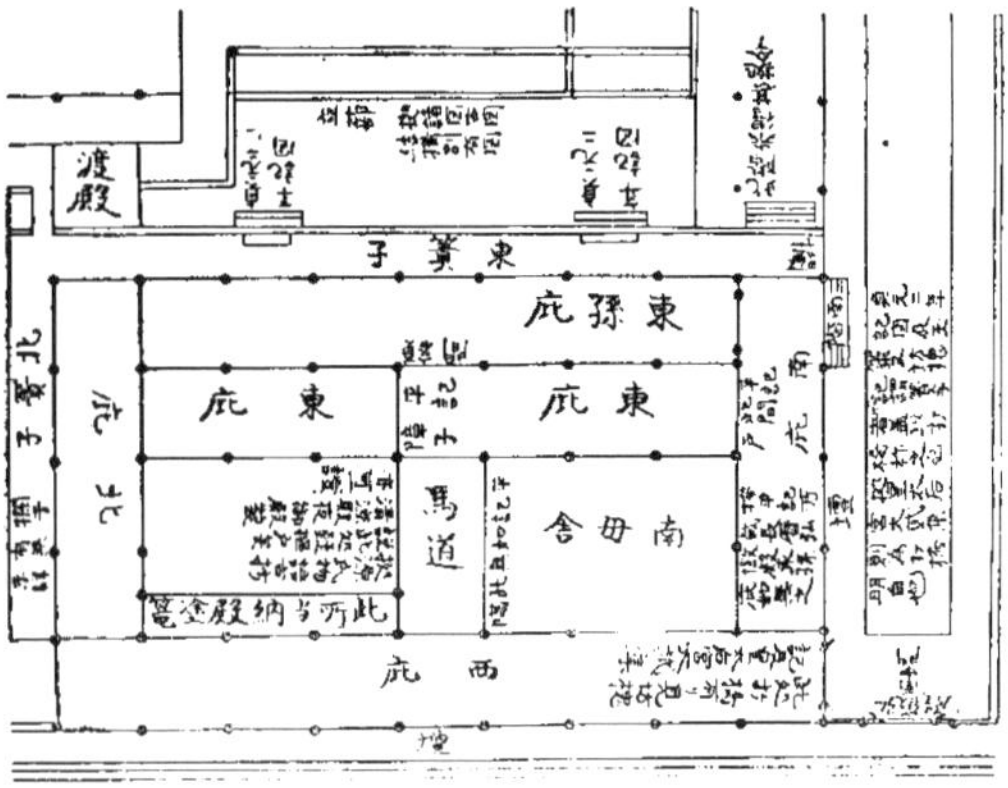


図22　弘徽殿図（『大内裏図考証』）

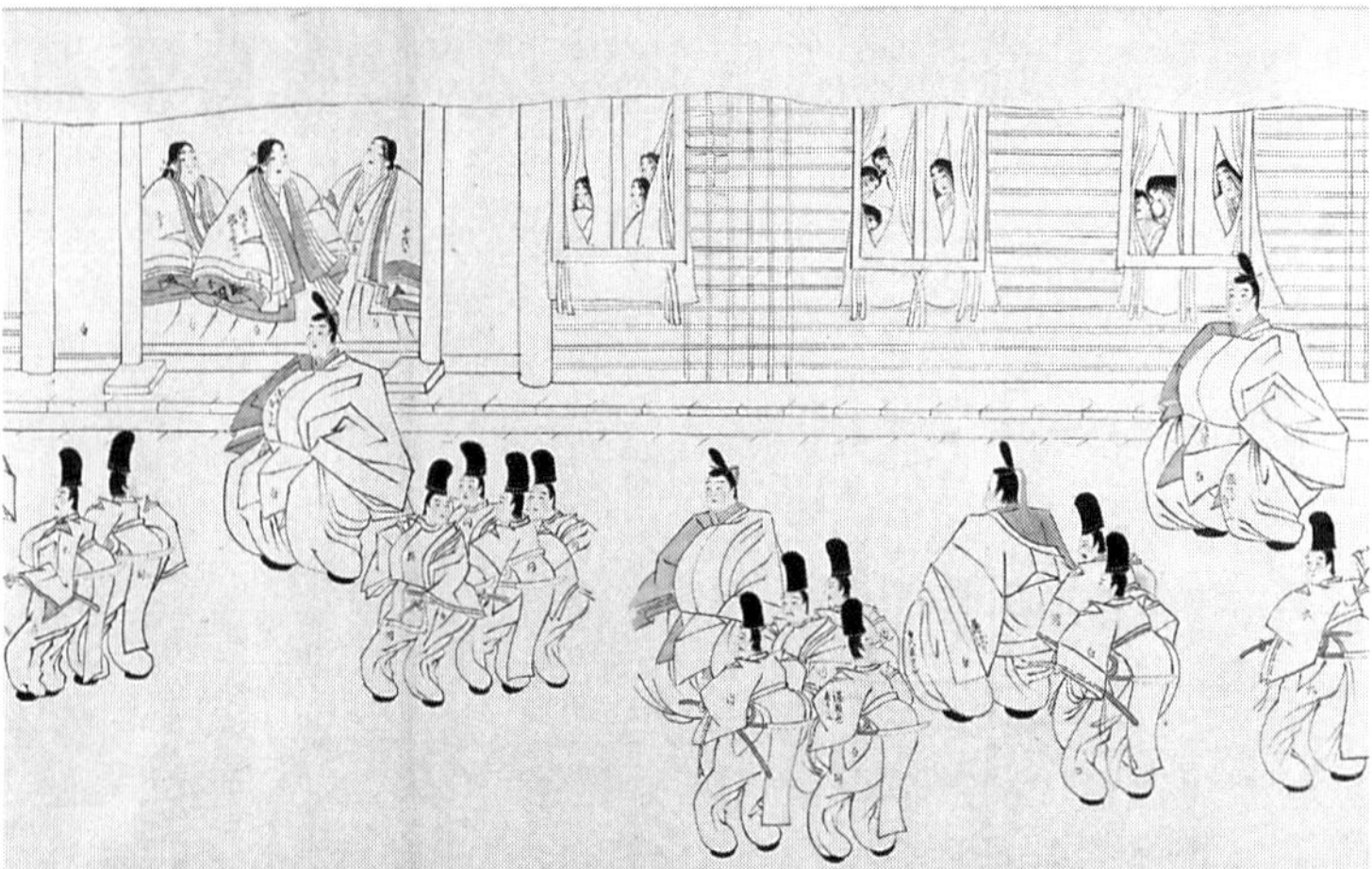

図23　弘徽殿の細殿（狩野晴川院養信筆『承安五節絵巻』模本，東京国立博物館蔵／出典：ColBase〈https://colbase.nich.go.jp/〉）

図24　光源氏と朧月夜の出逢い（土佐光吉筆『源氏物語絵色紙帖』花宴，京都国立博物館蔵／出典：ColBase〈https://colbase.nich.go.jp/〉）

帝の寝所に召され、お付きの女房達の多くも清涼殿に上っていて、「人少ななるけはひ」であった。

光源氏は、大胆にも弘徽殿——光源氏とは仲の悪い敵方の弘徽殿女御の住まいに侵入し、そこで入内前の朧月夜と出逢うのである。彼女は宮中の花宴を見物しに、姉弘徽殿女御のもとをちょうど訪れていた。なお、キサキの姉妹たちが、通常は目にすることの叶わない内裏のさまざまな催し事を、キサキの身内であることを利用して参内し、特別に見物することはよくあったようである（栗本賀世子「皇妃の姉妹の内裏滞在」）。

さて、話を戻すと、細殿から奥の方を覗き込んだ光源氏のもとに「朧月夜に似るものぞなき」と古歌の句を口ずさみながら近寄って来る若く美しい女がいて——彼女はこの出来事から読者に「朧月夜の君」と呼ばれることになる——、彼は女の袖をつかんだ。

> 女、恐ろしと思へる気色にて、「あなむくつけ。こは誰《た》そ」とのたまへど、「何かうとましき」とて、
>
> 　深き夜のあはれを知るも入る月のおぼろけならぬ契りとぞ思ふ
>
> とて、やをら抱き降ろして、戸は押し立てつ。あさましきにあきれたるさま、いとなつかしうをかしげなり。わななくわななく、「ここに、人」とのたまへど、「まろは、皆人にゆるされたれば、召し寄せたりとも、なんでふことかあらん。ただ忍びてこ

そ」とのたまふ声に、この君なりけりと聞き定めて、いささか慰めけり。（花宴巻）

（女は、恐ろしいと思っている様子で、「まあ、いやだわ、どなたです」とおっしゃるが、光源氏は「嫌がらなくてもよいではないですか」と言って、

深き夜の……〈あなたが夜更けの風情に感じ入られるのも、沈む朧月を愛でてのことでしょうが、その月に誘われてやって来た私とめぐり会うのも、ひとかたならぬ縁かと思います〉

と詠んで、女をそっと細殿の方に抱き降ろして、戸はぴたりと閉じてしまった。あまりのことに呆然としている様子は、とても親しみやすくかわいらしい感じである。震えながら、「ここに、人が」とおっしゃるけれども、「私には誰もとがめだてしませんから、人を呼んだとしても、無駄ですよ。ただお静かに」とおっしゃる光源氏の声に、この方だったのだと分かって、少しほっとするのだった。）

世間で評判の優れた貴公子、光源氏が相手だと知って、朧月夜は心を許し、一夜の契りを結んでしまうのであった。この一件がやがて親兄弟に知られてしまったことにより、朧月夜の東宮（朱雀帝）への入内が一度は取り止めになってしまうのであるが、結局は姉の弘徽殿大后の働きかけによって、正規のキサキではなく尚侍という形で朱雀帝の後宮に入った。とはいえ、朧月夜は光源氏のことを想い続け、朱雀帝に入内後も二人の関係は続い

たため、そのことが弘徽殿大后の怒りを買い、光源氏の行末に影響を及ぼすことになる。

## 『夜の寝覚』大皇の宮の謀略の場

ここからは、『源氏物語』以後の物語作品に描かれる弘徽殿に目を向けてみよう。菅原孝標女《すがわらのたかすえのむすめ》作とされる物語、『夜《よる》の寝覚《ねざめ》』では、弘徽殿は大皇《たいおう》の宮という人物の住まいであった。大皇の宮は朱雀院《すざくいん》の后で、帝と女一《おんないち》の宮《みや》の母にあたる。息子の帝の御代には、基本的には里邸で暮らしていたが、時折息子に会いに宮中に参内することもあり、その際は弘徽殿を滞在場所として使用したのだという。

大皇の宮は内大臣《ないだいじん》を娘女一の宮の婿に迎えていたが、実は彼は、以前から物語の主人公寝覚の上を深く愛していた。寝覚の上と内大臣は、かつて密かに恋仲であったが、当時の内大臣は寝覚の上姉の大君《おおいぎみ》と結婚しており、二人の関係は許されぬものだった。結局父の取り決めにより、寝覚の上は年配の有力貴族、老関白《ろうかんぱく》と結婚し、内大臣との関係は途絶えてしまう。しかし、その後に大君や老関白が死去したこともあり、内大臣は寝覚の上との復縁を望んでいたのである。勘の良い大皇の宮はこのことに気が付き、憎らしい娘の恋敵の寝覚の上を何とかして内大臣から遠ざけようと考えていた。

その頃、故老関白の先妻腹の長女（督《かん》の君）が、尚侍として帝に入内することになり、母親代わりとして寝覚の上も宮中に付き添った。督の君は登花殿に入ったが、建物が狭かったため、寝覚の上は大皇の宮の部屋、弘徽殿の北面《きたおもて》（北側の廂）を一時的に居所として使用することを許された（図22参照）。

大皇の宮は、自分の住まいに寝覚の上が滞在するこの機会に、彼女を罠にかけて息子の帝と接近させ、二人を結び付けることを考え付く。帝は、かねてより美貌と名高い寝覚の上に関心を抱いていたのである。大皇の宮の部屋に呼び出された寝覚の上は、帝と二人きりになり、一夜を過ごす。主人公の最大の危機であったが、彼女は、迫る帝に対して決してなびくことはなく、何とか貞操を守り切ったのであった。そしてこの一件を機に、自分が今でもかつての恋人、内大臣に愛情を抱いていることを自覚するのである。

図25　大皇の宮

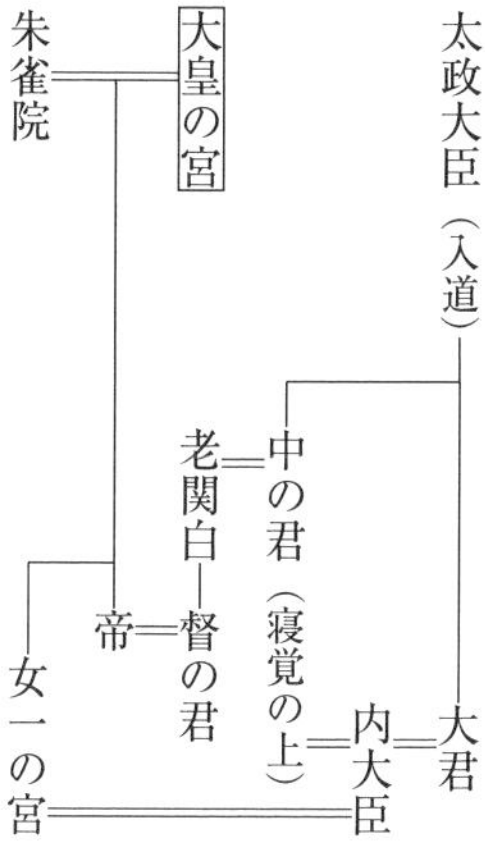


『夜の寝覚』において、天皇の母たる大皇の宮の住まいが弘徽殿と設定されていることについては、弘徽殿が史上の有力なキサキに使用される殿舎であったことも関係するのであろうが、それ以上に、『うつほ物語』后宮や『源氏物語』弘徽殿大后など、先行の物語の悪役の影響もあるのではないだろうか。后宮・弘徽殿大后と同様、この物語の大皇の宮も、権力を有した母后であり、息子の代に宮中の弘徽殿

を使用、さらに主人公を苦境に追い込む人物として造型されているのである。

同じく『源氏物語』以後に成立した六条斎院宣旨《ろくじょうさいいんのせんじ》作と考えられている『狭衣物語《さごろもものがたり》』にも、先行の『源氏物語』の影響が色濃く見られる（植田恭代『源氏物語の宮廷文化』）。

## 『狭衣物語』女二の宮との逢瀬の場

この物語では、嵯峨帝《さがてい》の后であった大宮《おおみや》が所生の三人の皇女たち（女一の宮・女二の宮・女三の宮）と弘徽殿で暮らすという設定になっている。主人公の狭衣は、容貌や才芸に優れた理想的な貴公子であったが、義理の妹である源氏《げんじ》の宮――先帝の皇女であったが、両親の死後、狭衣の家に養女として引き取られていた――に道ならぬ恋心を抱いている。この狭衣に、時の嵯峨帝の皇女、女二《おんなに》の宮《みや》との縁談が持ち上がったが、源氏の宮をひたすら想う狭衣は気乗りがしなかった。さて、ある夜、狭衣は知人の女房、中納言典侍《ちゅうなごんのないし》（大宮に仕える女房）の弘徽殿の局を訪れたが、主である大宮が清涼殿の帝の寝所に召されたため、典侍もそのお供をしていて留守であり、辺りは人気もなくひっそりとしていた。そのような折、彼は、聞こえてきた琴の音に心惹かれ、弘徽殿の南廂の妻戸《つまど》――南側は夜《よ》居《い》の僧（夜に貴人の側に近侍して護身のために祈禱する僧侶）の控え所となっており、不用意にも妻戸を開け放ったまま席を外していた――から侵入し、母屋《もや》に忍び入る。中で琴を弾いていたのは女二の宮であり、垣間見てその想像以上の美しさに、狭衣はすっかり心奪われてしまった。

「ただかくなん、け近きほどにて見たてまつる」とばかり、かの御耳に聞こえさせざらんも、あまり埋《む》もれいたかりぬべければ、やをら寄りて、奥の御座に少しひき入れたてまつりたまふに、思しあへず、「こは誰《た》そ」と言はれたまふ御けはひ、世に知らずらうたげなり。

図26『狭衣物語』系図

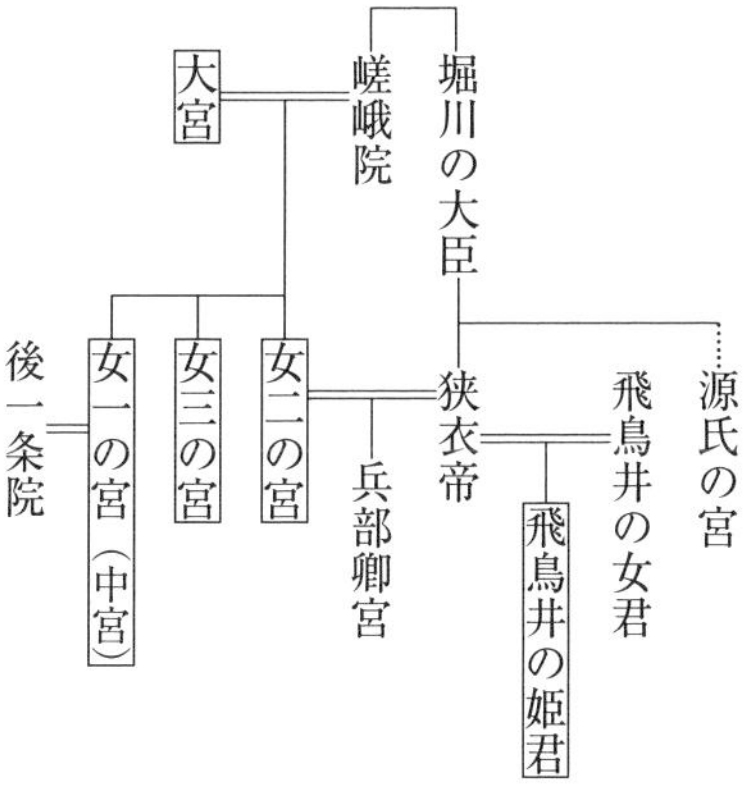


死にかへり待つに命ぞ絶えぬべきなかなか何に頼みそめけん

とのたまふ御けはひを、いみじき御心まどひにも、この人とや聞き知らせたまひけん、いとど恥づかしういみじきに、ものもおぼえたまはず、ただひき被《かづ》きて泣きたまふ御けはひなど、いとど近まさりして、年ごろの心のほどよりは、かばかりにて立ちのかんとはおぼえねば……　（巻二）

〈「ただこんな風に近くで拝見した」とだけでも女二の宮のお耳にお入れしないのも、あまり引っ込み思案すぎるので、そっと寄って奥の御《み》帳台《ちょうだい》〈寝台、図

図27　女二の宮を垣間見る狭衣
（『狭衣物語』巻二，承応三年絵入り板本）

15参照〉に少し引き入れ申し上げようとなさったところ、思いがけず、「これは誰」と口をついておっしゃる御様子が、この上なくかわいらしい。

　死にかへり……〈何度も死ぬ思いをして待っている間に命が絶えてしまうにちがいない。いったいなんだってあなたとの逢瀬を頼みにしはじめたのだろう〉とおっしゃる気配を、ひどく惑乱される中でも、狭衣と聞き分けなさったのだろうか、いっそう恥ずかしく堪えられない思いをなさって、何もお考えになれず、ただ衣を引っ被ってお泣きになる御様子など、ますます近くで見ると魅力的で、以前とは違って、このまま立ち退く気がなさらないので……〉

狭衣は気持ちを抑えることができず、そのまま女二の宮と契りを結んでしまうのである。この狭衣と宮の逢瀬については、舞台が弘徽殿であるだけでなく、弘徽殿の主であるキサキの不在、男君と出逢った時の女君の発言（「こは誰そ」）、男君が誰なのか女君が察知する様子など、『源氏物語』花宴巻の光源氏・朧月夜の逢瀬をまさになぞった描写であることが注目される。「男女の出逢いの場」という設定が継承されたものであろう。ただし、逢瀬後に光源氏を想い続けた朧月夜とは異なり、この一夜の契りで妊娠した『狭衣物語』の女二の宮は狭衣を疎むようになり、男子出産後に、狭衣から逃れるために出家してしまうのである。逢瀬場面で、相手が光源氏だと知って「いささか慰めけり」と少し安堵した様子を見せた朧月夜とは異なり、女二の宮の方は「いとど恥づかしういみじきに、ものもおぼえたまはず」と恥ずかしがり、衣をかぶって拒否するような振る舞いを見せている。その後の物語の展開と符合するよう、工夫されて描写が為されているのである。

なお、『狭衣物語』において、弘徽殿は、他に後一条帝《ごいちじょうてい》の中宮（嵯峨帝皇女の女一の宮）や狭衣帝——主人公狭衣は、最終的に賀茂《かも》神社の神託により、皇位につくことになる——の皇女である飛鳥井《あすかい》の姫君など、後宮の高貴な女性たちに使用されている。後一条帝の中宮は幼い時に母と過ごしていた弘徽殿を後の入内時にも居所としているが、この使用方法については次章の「淑景舎（桐壺）」の節でも述べる。

# 承香殿——後宮第二位のキサキの住まい

承香殿《じょうきょうでん》は「そぎょうでん」とも呼ばれた。弘徽殿《こきでん》とともに清涼殿《せいりょうでん》に隣接する「殿」であり、天皇の住まいが清涼殿に固定した後は重んじられ、弘徽殿に次ぐ格を持つ建物として有力なキサキに用いられた。前述したように、平安京内裏《だいり》創建当時には承香殿は存在しておらず、後に建てられたらしい。

## 皇后・母后になれぬ女性たち

承香殿は母后や親王・内親王に使用されることも時にあったが、多くの場合は天皇の妻のキサキの住まいとして用いられている。本節では、承香殿に住みその名を冠されたキサキたちに、特に焦点を合わせたい。表4によれば、三条《さんじょう》朝までの間に、八人のキサキが承香殿に居住していた。注目すべきは、承香殿に住んだ女性たちは、出自が良く、後宮において上位に位置づけられていた一方で、そのほとんどが皇后（中宮）ではなく女御だったということである。例外と思われるのは、円融《えんゆう》朝の皇后藤原遵子《じゅんし》と三条朝の皇后藤原娍子《せいし》だが、遵子の方は、皇后となるのは後に弘徽殿に住んだ時であり、承香殿で暮らしていた時はまだ女御であったので、この法則を逸脱しない。なお、娍子の場合は夫三条天皇に寵愛され、皇子女を多数儲けていることから、立后を果たしたが、後見役たる父済時《なりとき》はすでに亡く、皇后といえども、もう一人の后の中宮妍子《けんし》（藤原道長女）に圧倒されていた

表4　承香殿に居住した后妃（〜三条朝）

| 天皇 | 承香殿居住者 | 出典 | 備考 |
|---|---|---|---|
| 醍醐朝 | 源和子（女御） | 要記（醍醐天皇）等 | 和子は光孝天皇皇女。 |
| | ↓藤原能子（女御） | 李・延長7・正・14 | 能子は藤原定方女。 |
| 村上朝 | 徽子女王（女御） | 大・道長伝・雑々物語 | 徽子は重明親王女。 |
| 円融朝 | 藤原遵子（女御） | 紀・天元元・8・16 | 遵子は関白藤原頼忠女。初め承香殿に住み、皇后藤原媓子の死後に弘徽殿に移り、立后する。 |
| | ↓尊子内親王 | 小・天元5・正・19等 | 尊子は冷泉上皇皇女で東宮師貞親王（花山天皇）姉。円融天皇の后妃の一人。はじめ麗景殿が居所だったが、承香殿に移った。 |
| 花山朝 | 藤原諟子（女御） | 小・永観2・12・16等 | 諟子は関白藤原頼忠女。 |
| 一条朝 | 藤原元子（女御） | 紀・長徳2・11・14等 | 元子は藤原顕光女。 |
| 三条朝 | 藤原娍子（皇后） | 小・長和2・3・20等 | 娍子は藤原済時女。東宮妃時代、宣耀殿に居住していたが、三条天皇即位後に承香殿に入る。 |

※出典は以下の通り。醍＝『醍醐天皇御記』、李＝『李部王記』、紀＝『日本紀略』、大＝『大鏡』、小＝『小右記』、要記＝『一代要記』

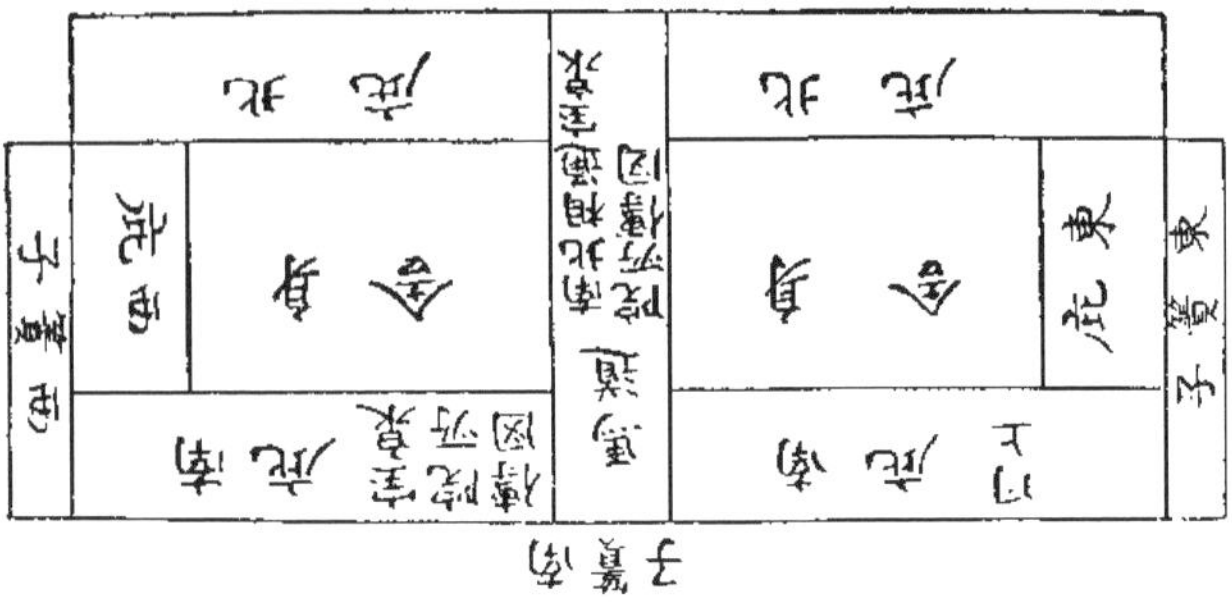

図28　承香殿図（『大内裏図考証』）

ようである。

やはり、承香殿からは、後宮筆頭の座に今一歩及ばない女性たちが居住する殿舎という印象を拭えない。立后できない女性が多く、所生子の即位もないのである。これに加えて、承香殿に住んだキサキたちが、負のエピソードを伝える女性たちであったことも、次項では指摘しておきたい。

### 承香殿の負のイメージ

まず、村上朝の徽子《きし》女王は、夫天皇との間に生まれた子は少なく、一女を生んだだけだった。父重明《しげあきら》親王の死後は「宮さへ〔大勢は〕おはしまさねば、参りたまふこといとかたし」（『栄花物語』月の宴巻）と実家にこもりがちの寂しい生活を送ったのだという。

円融朝の尊子《そんし》内親王については、次のような話がある。

> 今の東宮の御妹の女二の宮参らせたまへりしかば、いみじくうつくしうと、もて興《きよう》じたまひしを、参らせたまひてほどもなく、内裏《うち》など焼けにしかば、「火の

宮」と、世人《よひと》申し思ひたりしほどに、いとはかなくうせたまひにしになん。（『栄花物語』花山たづぬる中納言巻）

（今の東宮師貞《もろさだ》親王〈花山《かざん》天皇〉の姉妹の女《おんな》二《に》の宮《みや》〈尊子内親王〉が入内なさったところ、とてもかわいらしいと円融天皇は御心をお寄せになったが、入内なさって間もなく、内裏などが焼けてしまったので、宮のことを世間の人が「火の宮」と取沙汰申していたうちに、たいそうあっけなくお亡くなりになってしまったのである。）

尊子内親王は、入内後に内裏火災が起きたことから、縁起でもない「火の宮」のあだ名を付けられてしまう。宮中にいづらいこともあってか、ただ内裏には「二三度まゐりたまひて」（『大鏡』伊尹伝）、その後は天皇の側には戻らず、やがて出家を遂げるのである。ちなみに、尊子が実際に亡くなるのは、史実では少し後、花山朝のことである。

花山朝の諟子《しし》は、「女御の御有様、仕うまつる人にも、七八年にならぬ限りは見えさせたまふこと難ければ、とかくの御有様聞えがたし」（『栄花物語』花山たづぬる中納言巻）――七、八年以上仕えている人にしか姿を見せないような内向的な性格の持ち主であった。そのせいか、彼女への天皇の寵愛は薄く、清涼殿夜御殿《よるのおとど》に召されるのは「一月に四夜五夜」（同）のみであった。

一条朝の元子《げんし》の場合は、入内の甲斐あって、天皇の寵愛は浅くはなく、間もなく元子は懐妊し、華々しく里下がりした。
三月《みつき》ばかりにて奏して出でさせたまふ。そのたびの儀式はいと心ことなり。女御も御輦車《てぐるま》にて、女房徒歩《かち》より歩みつれて仕うまつる。弘徽殿の細殿《ほそどの》を渡らせたまふほど、細殿の御簾を押し出《いだ》しつつ、女房こぼれ出でつつ見れば、この女御の御供の童女《わらは》いたう馴れたるが、火のいと明きにこの弘徽殿の細殿を見て、「簾《すだれ》の身もはらみたるかな」と言ひていくを、弘徽殿の女房、「あなねた。何しに見つらむ」など言ひけり。
（『栄花物語』浦々の別巻）

〈妊娠三ヵ月ほどになって、天皇にその旨を奏上して宮中を退出なさる。その際の儀式はたいそう格別な風情である。女御も輦車〈人の手で引いて動かす車、高貴な人が内裏を通行する際に使用する、図29〉を許され、女房は徒歩で行列を作ってお供申し上げる。弘徽殿の細殿の前をお通りになったところ、細殿の御簾を押し出しながら、弘徽殿女御の女房たちが御簾からあふれ出るようにしてこの行列を見物しているので、承香殿女御の御供の女童《めの》わらわ〈少女の侍女〉のすっかり物慣れた子が、とても明るくされた灯火でこの弘徽殿の細殿を見て、「こちらの簾の身もはらんでいるのね」と言って通り過ぎるのを、弘徽殿の女房たちは、「ああ憎らしい。見物などしなければよかった」などと言った。〉

退出の際に、承香殿女御元子の女童が、「弘徽殿方では簾の身がはらんでいる（それに

図29　輦車図（『故実叢書　輿車図考』）

比べて弘徽殿の主の女御には未だに懐妊のことがない)」と元子の競争相手の弘徽殿女御義子《ぎし》(藤原公季《きんすえ》女)を嘲る発言をし、反感を買っている。一条天皇の子を身ごもったことで、これほどまでに自慢げな承香殿方の人々であったが、しかし、元子の出産は正常ではなかった。

御身よりただものもおぼえぬ水のさと流れ出づれば、いとあやしく世づかぬことに人々見たてまつり思へど、さりともあるやうあらむとのみ騒がせたまふに、水つきもせず出で来て、御腹ただしひれにしひれて、例の人の腹よりもむげにならせたまひぬ。……よろづよりも女御の御心地、あさましう恥づかしう、かの弘徽殿の細殿の事など思し出でられ、今は内裏《うち》渡りといふこと思しかくべくもあらず。

（御身体からどう処置してよいか分からない水がさっと流れ出たので、とても奇怪で異常なことと人々は拝見して思うけれども、そうはいってもこれからお産のことがあるのだろうとばかり騒がしくしていると、水が尽きることなく出てきて、お腹がただひたすら縮んでいって、普通の人よりもまったくへこんでおしまいになった。……他の誰よりも女御のお気持ちは、あまりにも嘆かわしく恥ずかしく、あの弘徽殿の細殿での出来事などお思い出しになり、今となっては宮中での生活などお考えになれそうもない。）

（『栄花物語』浦々の別巻）

臨月を過ぎてから腹から出てきたのは、ただ水ばかりであったという。想像妊娠だったのではないかと言われている。醜態をさらした元子は、その後、里邸に引きこもってしまう。

このように、承香殿に住まう女性たちは、寵愛が薄かったり、里居《さとい》がちであったりして、後宮で時めくことはなかった。特に、尊子内親王は「火の宮」という不名誉な呼称で貶められ、元子は水を産んだ女御として笑い者になった。承香殿にはどこか、悪いイメージがつきまとうのである。

## 『うつほ物語』の小宮

では、これまで見てきたような史上の承香殿のイメージは虚構の物語作品の承香殿にどの程度影を落としているのであろうか。ここからは、平安朝の物語の承香殿の描かれ方について検討していこう。まず、『うつほ物語』では、嵯峨帝《さがてい》・朱雀帝《すざくてい》・新帝《しんてい》の三代の御代において、承香殿の名で呼ばれるキサキが登場する。一人目は嵯峨帝の女御で、夫帝との間には一女（斎宮《さいぐう》）を儲けた。二人目は朱雀帝の女御で、相撲《すまい》の節会《せちえ》（宮中で相撲を観覧する儀式）で賄《まかな》い（天皇の食事の給仕役）を務めている。ともに、出自などは不明で、脇役として物語中に姿を見せている。

この二人よりも存在感を示すのは、新帝の妃《ひ》（律令制で定められた皇后に次ぐ上位のキサキの位。皇后の最有力候補で、内親王より選ばれた）であった小宮《こみや》である。小宮は、嵯峨院の后腹の皇女で、最高の血筋に生まれ、父上皇と母后の支援を受けて、新帝後宮において筆頭の地位にあった。新帝の即位後に承香殿を居所としているが、これは、前節で触れたように、弘徽殿を新帝の母后（朱雀院の后宮《きさいのみや》）が使用していたために、弘徽殿の次に格の高い承香殿に入ったのであろう。ただ、後宮において強い勢力を有していたにも関わらず、寵愛争いでは後から入内した女主人公のあて宮に敗れ、所生子の第五皇子の立太子も叶わなかった。物語の国譲《くにゆずりのげかん》下巻では、東宮位をめぐり、源氏のあて宮腹の第一皇子、藤原氏の梨壺《なしつぼ》腹の第三皇子、小宮の出産予定の子（第五皇子）の三つ巴の争いになるのであ

図30　小宮

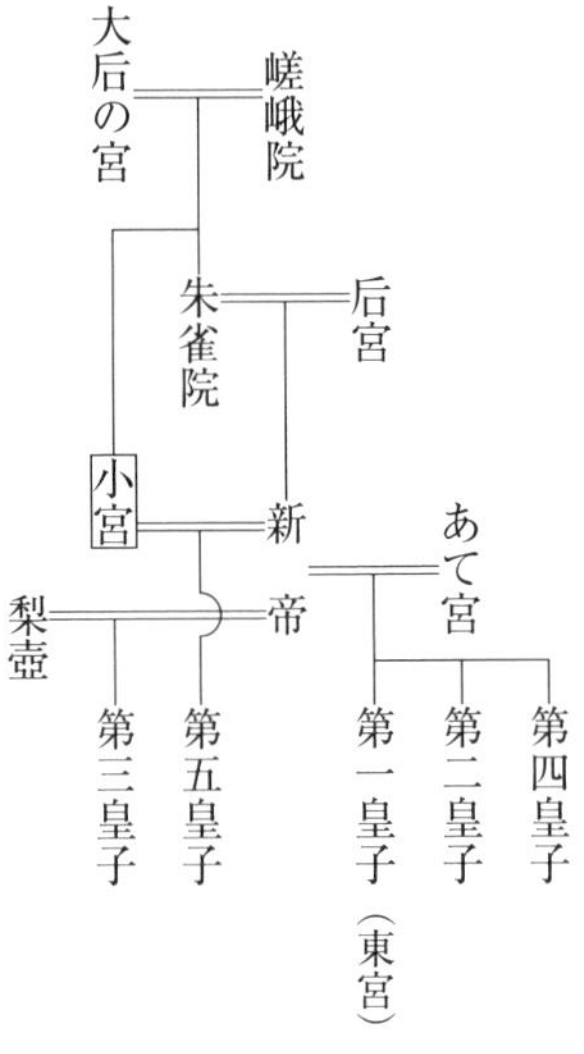


るが、最上位のキサキである小宮の腹の子が生まれる前に、あて宮を寵愛する新帝の判断で、東宮が第一皇子に決定されてしまったのである。

以上のような小宮の描かれ方――上皇という強大な存在に支えられた有力なキサキであったが、他のキサキに敗れる――は、史上の醍醐《だいご》天皇に入内した二人の光孝《こうこう》天皇の皇女、妃《ひ》為子《いし》内親王と女御源和子《わし》を彷彿とさせる。醍醐朝において、藤原氏の勢力増長を恐れた醍醐父の宇多《うだ》上皇は、当初、藤原基経《もとつね》女の穏子《おんし》の入内を阻み、同母妹の為子内親王を妃《ひ》として誰よりも先に入内させたが、為子は出産の際に亡くなってしまう（角田文衛『平安人物誌　下』・藤木邦彦「藤原穏子とその時代」）。為子死後に、穏子は入内を果たして醍醐後宮で時めいたが、その対抗馬として、宇多は新たに異母妹の和子を擁立し、支援していたようである。和子の娘韶子《しょうし》内親王は、女御腹にも関わらず、成人の際に宇多の意志によって三品《さんぼん》――成人時にこの位に叙されるのは、本来皇后腹の皇子女に限られていた――の位を特別に授かっている（『西宮記』臨時

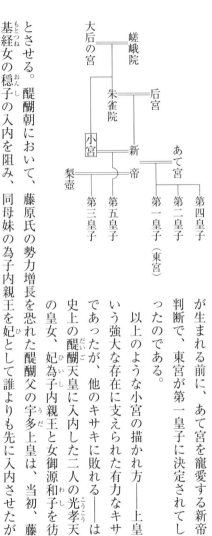

七「内親王着裳」)。また、『大和物語《やまとものがたり》』(「住の江の松」・「春の夢」)によると、韶子は宇多の庇護を受けて上皇御所の亭子院《ていじのいん》で暮らし、その仲介によって源清蔭《きよかげ》を婿として迎えていた。これらの出来事から、宇多と和子の結びつきがうかがわれるのである。

図31　為子内親王と源和子

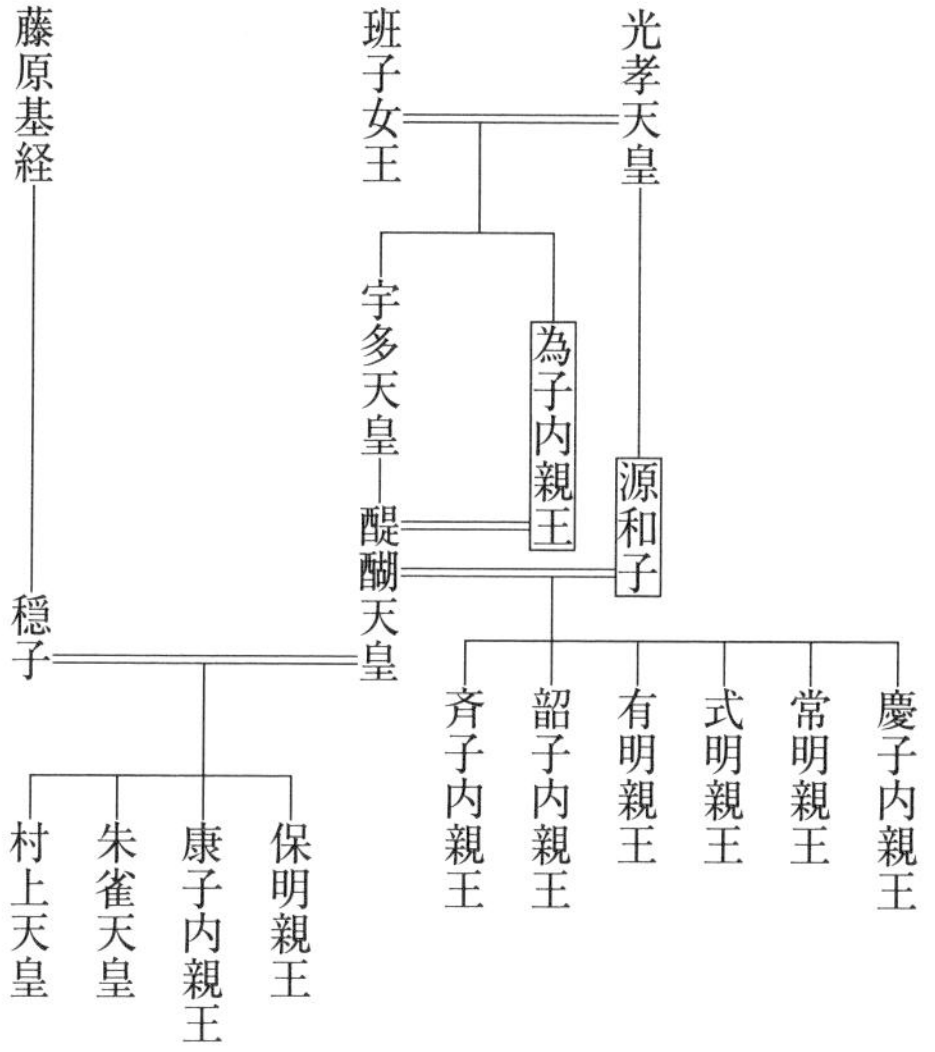


小宮は、上皇に後見されていた為子内親王と和子の二人をモデルにして造型されたのではなかろうか。妃《ひ》という小宮との大きな共通点を持つ為子は言うまでもないが、和子の方も、居所は小宮と同じ承香殿であり、しかも念願の男子(第五皇子常明《つねあきら》親王)を出産した時には、すでに穏子腹の保《やす》明《あきら》親王が立坊しており、為すすべもなかったその状況が、小宮と酷似するのである。小宮が生んだのも第五皇子であった。

妃《ひ》の小宮が承香殿を用いるという設定は、(弘徽殿以外の)殿舎の格付けを正確に反映したものであるとともに、源和子ら史上の

図32　桐壺帝の承香殿女御

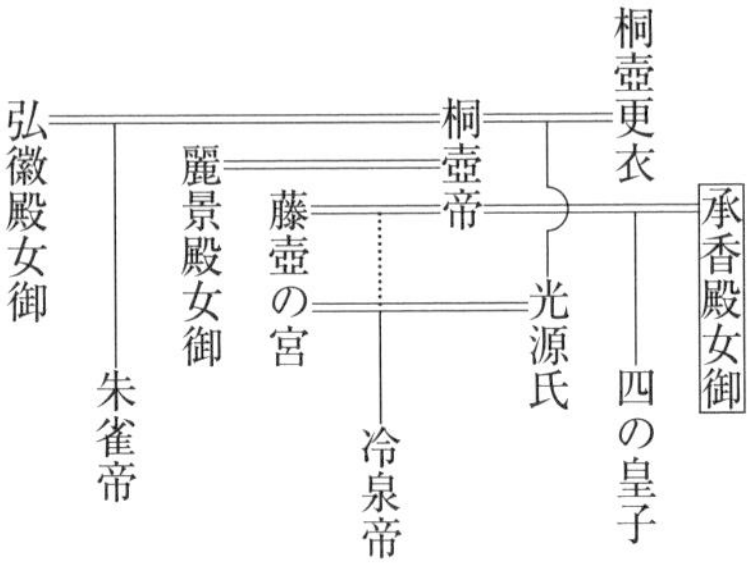


敗北する承香殿女御たちを喚起させる装置でもあったといえよう。

## 『源氏物語』の三人の承香殿女御

続いて、『源氏物語』の承香殿に目を転じてみよう。この物語においても、三人の承香殿を使用したキサキが登場する。まず一人目は、桐壺帝《きりつぼてい》の承香殿女御《じようきようでんのにようご》であるが、その名が見えるのはわずか一ヵ所のみである。

承香殿《しようきやうでん》の御腹の四の皇子《みこ》、まだ童にて、秋風楽《しうふうらく》舞ひたまへるなむさしつぎの見物《みもの》なりける。（紅葉賀巻）

桐壺帝が朱雀院へ行幸した日、承香殿女御腹の幼い第四皇子が、童姿で秋風楽《しゆうふうらく》（雅楽の舞の曲）を舞い、それは、光源氏・頭中将《とうのちゆうじよう》の舞った青海波《せいがいは》に次ぐすばらしい見物であったという。桐壺帝の後宮は、藤壺《ふじつぼ》の宮、弘徽殿女御《こきでんのにようご》、麗景殿女御《れいけいでんのにようご》（花散里《はなちるさと》の姉）、八《はち》の宮《みや》の母女御、桐壺更衣《きりつぼのこうい》、そしてこの承香殿女御など、多くのキサキを抱えたが、承香殿女御に関する記述はこれだけであり、他のキサキに比べて、いてもいなくてもいいような役どころである。出自なども不明であった。

二人目は、朱雀帝《すざくてい》の承香殿女御である。右大臣《うだいじん》の娘で、髭黒大将《ひげくろのだいしょう》の姉妹にあたる。朱雀帝の唯一の男《おとこ》皇子《みこ》（後の今上帝《きんじょうてい》）を生んだが、帝の寵愛という点では、「とりたてて時めきたまふこともなく、尚侍《かむ》の君の御おぼえにおし消たれたまへりし」（澪標巻）――尚侍《ないしのかみ》朧月夜《おぼろづきよ》の君（居所は弘徽殿）に圧倒され、目立たない存在であった。朱雀帝の譲位後、所生皇子が立坊したため、上皇御所には入らず、息子の住む宮中に付き添い、東宮の母としてうってかわって華やいだ。しかし、不運にも彼女は、息子の即位を見届ける前に、身まかってしまうのである。

女御の君は、かかる御世をも待ちつけたまはで亡《う》せたまひにければ、限りある御位を得たまへれど、物の背後《うしろ》の心地してかひなかりけり。

（若菜下巻）

図33　朱雀帝の承香殿女御

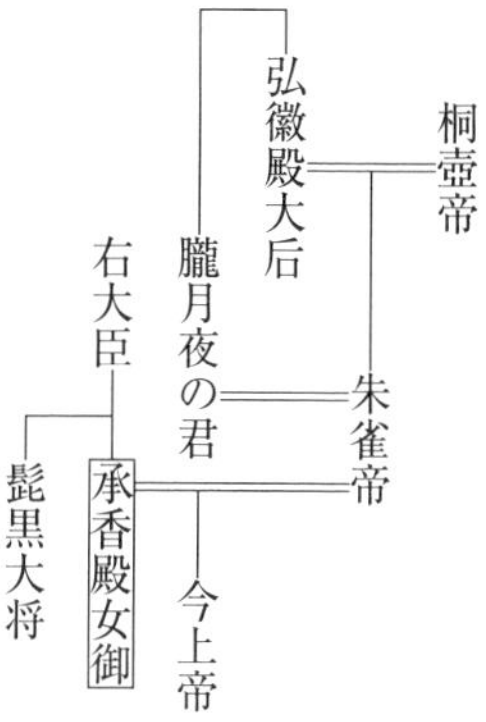


（今上帝の母女御の君は、息子の御代もお待ちにならず亡くなってしまわれたので、女性として最高の御位〈皇太后位〉を死後に贈られて得なさったけれども、物の背後の心地――光のあたらぬ物の蔭といった感じで張り合いのないことであった。）

今上帝に代替わりし、亡き母女御は、皇太后位を贈ら

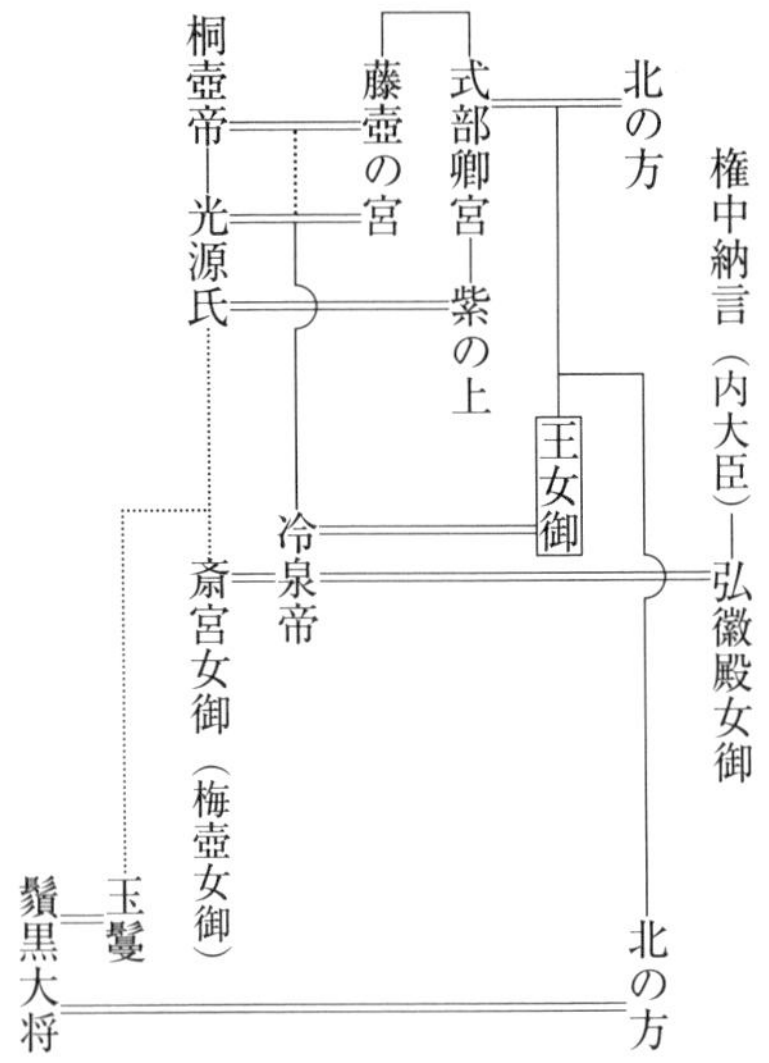

図34　王女御

れる。とはいえ、本来ならば母后として強大な権力を握っていたはずであることを思うと、死後の贈位は、「物の背後の心地」がする空虚なものに過ぎなかったのである。史実と異なり、この承香殿女御の場合、所生の皇子が立坊・即位したことは、特筆すべきことであろう。しかし、それでも、彼女自身は、息子即位後の恩恵を受けることは叶わず、生前に国母として晴れがましい地位につくことはできなかった。その点、結局は、史実の承香殿たちと袂を分かつことはなかったのである。

三人目は冷泉帝《れいぜいてい》の女御で、冷泉帝伯父である式部《しきぶ》卿宮《きょうのみや》の正妻腹の娘にあたる女性である。物語のヒロイン、紫《むらさき》の上《うえ》の異母姉妹にあたる。親王の娘（女王《じょおう》）であることから通称「王女御《おうにょうご》」と呼ばれている。彼女は、冷泉帝に、弘徽殿女御（権中納言《ごんちゅうなごん》女）・斎宮女《さいぐうのにょう》御《ご》（光源氏養女）に続いて入内し、承香殿に住んだ。帝の外戚の娘という有力な出自であったが、当時の執政であった光源氏が式部卿宮方と距離を置き王女御の入内に非協力的であったため――光源氏は、自身の須磨流謫《るたく》時代、妻の紫の上に対して保身のために式部卿宮が冷淡だったことを非常に恨んでいた――なかなか入内することができなかった。最終的には入内を果たしたものの、寵愛の面で弘徽殿女御や斎宮女御よりも劣り、立后は叶わなかったのである。ところで、王女御が承香殿を使用した一方で、王女御より先に入内していた二人の女御は、弘徽殿、梅壺《うめつぼ》に入っていた。弘徽殿女御はともかくとして、後に立后することになる有力な斎宮女御が梅壺に、対して彼女よりも立場が下であったと思われる王女御が清涼殿に隣接する（弘徽殿に次いで格上の）承香殿に入っていたことは奇異に思えるのだけれども、これについては、斎宮女御の入内時の事情が関係していると考えられる（詳しくは、次章「凝華舎（梅壺）」の節参照）。

考えてみれば、『源氏物語』の冷泉朝の後宮は、史実における円融朝のそれと実によく似ている。円融朝でも、激しい立后争いを繰り広げたのは弘徽殿女御藤原遵子と梅壺女御藤原詮子《せんし》、そして、承香殿に住んだ尊子内親王が皇族出身でその二人に比較して勢いがなかった点まで、同じであった。

図35　尊子内親王

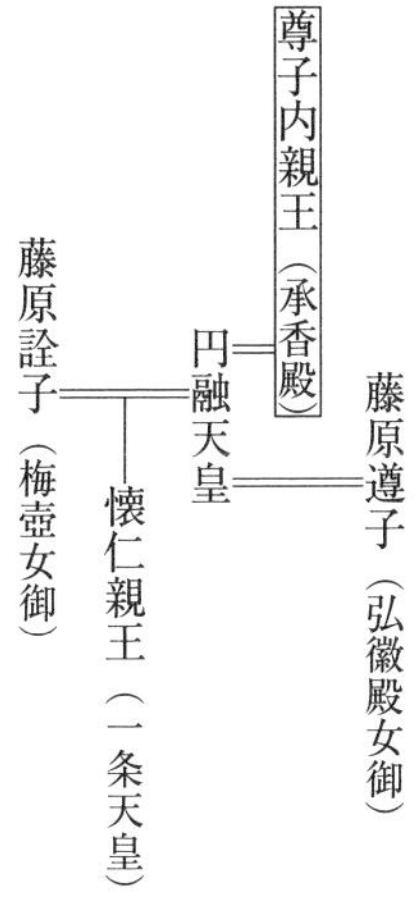

図36　承香殿で帝と対面する玉鬘（承応三年『絵入源氏物語』真木柱巻，東京大学蔵）

物語は、明らかに円融朝の後宮情勢を参考にしている。王女御には、史上の尊子内親王の姿が投影されているのであった。

冷泉朝では、キサキではないが、光源氏の養女で上級女官職の尚侍であった玉鬘《たまかずら》――当初、後宮入りする予定であったが、入内直前に臣下の鬢黒大将と通じてしまったために、寵愛とは無関係の尚侍として冷泉帝に出仕することとなった――が、男踏歌《おとことうか》（男性の侍臣たちが足踏みをし、歌いながら各所を練り歩く宮廷行事）の見物のために参内し、一時的に承香殿の東側の身舎《もや》（母屋）を使用することがあった。西側の身舎には王女御がおり、この二人について、物語は「馬道《めだう》ばかりの隔てなるに、御心の中《うち》ははるかに隔たりけんかし」（真木柱巻）――馬道《めどう》（建物内を通る廊下）を隔てただけの近い場所にいるのに、お二人の御心ははるかに隔たっていただろう、と語る（図28参照）。玉鬘に鬢黒が通い始めたことにより、鬢黒の元の妻は離婚に追い込まれてしまうのだが、その妻の妹が王女御であったから、玉鬘との関係は険悪であった。居所の近さによって、逆に二人の心の距離をあぶり出す記述である。「弘徽殿と常寧殿」の節でも『夜《よる》の寝覚《ねざめ》』の寝覚の上が弘徽殿の北面を居所とする例を扱ったが、殿舎の一部を本来の殿舎の居住者とは異なる人々が短期間使用することがあったらしい。特に、承香殿は、馬道によって東西にはっきり分けられる構造になっており、使い分けに適していたから、キサキなどの住まいになる一方で、東側がしばしば行事・儀式や宴の会場、臨時に参内した人の滞在場所に用いられたようである（高田信敬『源氏物語考証稿』・栗本賀世子『平安朝物語の後宮空間』）。

『源氏物語』の三人の承香殿たちは、後宮では常に脇役であり、寵愛や権勢の面で他のキサキに劣る存在であった。これは、やはり史上の承香殿のイメージ――高位のキサキであったにも関わらず、皇后（中宮）や国母となり栄えある人生を送ることはできなかった――の影響を受けて描かれたものであろう。ただ、先行の『うつほ物語』の小宮が、女主人公あて宮の最も恐るべき競争相手であり、所生子の立坊争いにおいては、出産時期が遅かったためだけに、紙一重であて宮に敗れたのに対し、『源氏物語』の承香殿女御たちは、そこまで強力な存在ではなく、どちらかというと地味で、後宮の覇権争いとはまるで無関係であったかのように感じられる。これは、『源氏物語』が書かれた時代には、『うつほ物語』成立時よりも、栄光に届かない承香殿の負の歴史が積み重なり、悲願を果たせないキサキとしての印象が、承香殿により定着していたからかもしれない。一方で、『源氏物語』には、史上では栄華の極みにあった弘徽殿のキサキをあえて敗者として描き、また格下の殿舎であった藤壺や梅壺のキサキを立后させて、読者をあっと驚かせるようなところがあった。格の高い殿舎ではあるが、弘徽殿より印象が薄い承香殿は、読者にインパクトを与えるという点では不十分であり、そのために、物語中で大きく取り扱われなかったとも考えられる。

## その後も「脇役」の承香殿

『源氏物語』以後、菅原孝標女《すがわらのたかすえのむすめ》が執筆したとされる二つの物語――『夜の寝覚』と『浜松中納言物語《はままつちゅうなごんものがたり》』でも、承香殿は変わらず脇役の扱いである。

『夜の寝覚』に登場する承香殿女御（式部卿宮《しきぶきょうのみや》の女御《にょうご》）は、式部卿宮の娘で、所生の女三の宮ともども帝の愛情を受けていた。ただし、「私物《わたくしもの》に心苦しうおぼしとどめられたる」（巻二）――帝が私的に寵愛する女御に過ぎず、公的に重んじられることはなかった。権勢という点では、他のキサキ、関白左大臣《かんぱくさだいじん》女の中宮（東宮母）に圧倒されていたようである。物語における登場場面も少ない。さらに、夫帝がヒロインの寝覚の上に心を奪われた後は、彼女が受けていた寵愛も以前ほどではなくなってしまう。

我が御心のうち、覚《さ》むべき世なく苦しきに、おぼしかね、式部卿の宮の女御、人よりはらうたくおぼしそめてしを、見ばや慰むと、「心地《ここち》の例ならぬを、わざと」など、たびたびきこえさせたまへば、参りたまひたり。あまたさぶらひたまふ中の、かたちはこれこそと、おぼしめされつるを、御覧ずれば、いとよきほどにそびやかに、たをやかに、物より抜け出でたるさましたまひて、いとはなやかに、きよげなれど、「火《ほ》影《かげ》には、すべてなぞらへに言ひ寄るべきにあらず」と御覧じくらべても、まづうち泣かれさせたまひぬ。

（巻四）

図37　式部卿宮の女御

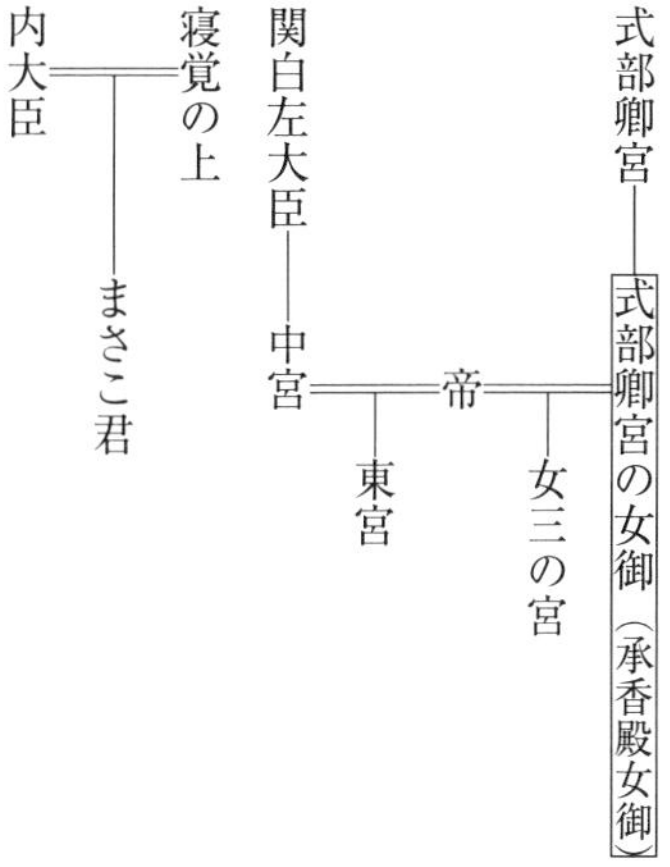


（帝はご自分の寝覚の上への想いが、いつ晴れることもなく苦しい中、堪えかねて、式部卿宮の女御は、初めから可愛らしい方と寵愛していらっしゃった方だから、会えば心も慰められるだろうと、「気分がいつもと違って優れないので、あなたにことさらに来てほしい」などと、たびたびお召しになったところ、参上なさった。大勢お仕えなさっている后妃の中で、美貌の第一はこの人であるとお思いになっていたのを、御覧になったところ、本当に背丈も程よくすらり

としていて、しなやかで、まるで絵から抜け出てきたような理想的な様子をなさっていて、とても華やかで美しい様子であるが、「灯火の明りでほのかに垣間見たあの方〈寝覚の上〉の美しさには、まったく及びそうもない」と比較して御覧になっても、まず涙をこぼされるのであった。）

恋しい寝覚の上に比べると、それまで心を寄せていた美女、式部卿宮の女御が帝の目には色あせて見えてしまう。しょせん、彼女は、ヒロイン寝覚の上の引き立て役にすぎなかった。ちなみに、『夜の寝覚』は、残念ながら完本の形で現存しておらず、巻二と巻三の間に欠損部分があり、また、末尾の部分も失われている。ただ、現存する諸資料から、ある程度内容が推測されており、それによれば、式部卿宮の女御（承香殿女御）腹の女三《おんなさん》の宮《みや》は後に寝覚の上の息子、まさこ君《ぎみ》と恋仲になるという重要な役割を果たすことになる。一件を知って激怒した院（かっての帝）によって二人は引き離されることになるのだという。

『浜松中納言物語』の方では、主人公の理想的な貴公子、浜松中納言《はままつちゅうなごん》に帝の鍾愛の皇女との縁談が起こる。この皇女の母親が承香殿女御である。帝は承香殿女御の後見勢力が弱いことを案じ、自分が在位中の間に娘をしかるべき優れた人物と結婚させようと考え、浜松中納言に白羽の矢を立てたのである。後盾の弱い母女御から生まれた皇女との縁談といえば、『源氏物語』における光源氏と朱雀院の女三の宮の結婚、薫《かおる》と今上帝の女二の宮の結婚が想起される（これらは次章「飛香舎（藤壺）」の節で詳しく取り扱う）。『浜松中納言物語』も、男主人公への帝からの信望の厚さなどを強調するため、『源氏物語』に類似した設定を取り込んだのであろう。ただし『源氏物語』の二人の皇女の場合は母親の住まいは藤壺であり、『浜松中納言物語』ではそこまで一致しないよう工夫されている。また、『源氏物語』とは異なり、先妻の尼姫君《あまひめぎみ》――浜松中納言との間に一女を儲けたが出家している――や想い人の吉野《よしの》の姫君《ひめぎみ》の気持ちを慮《おもんばか》って浜松中納言は縁談を辞退し、皇女との結婚が成立することはなかった。

さて、『夜の寝覚』・『浜松中納言物語』の承香殿も、史上の承香殿のあり方をなぞるかのように、中宮や国母になりえない劣勢の女御の居所であったが、注目すべきは、その承香殿女御たちは皇女の母として登場していることである。『夜の寝覚』では臣下と恋仲になる皇女の母として、『浜松中納言物語』では男主人公との縁談のある皇女の母としてその名が見える。これについては、史上の三条朝において承香殿を居所とした皇后藤原娍子の影響を受けていると考えられないだろうか。

図38 『浜松中納言物語』の承香殿女御

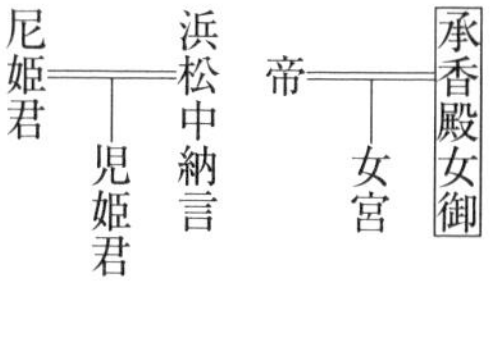

図39　藤原娍子

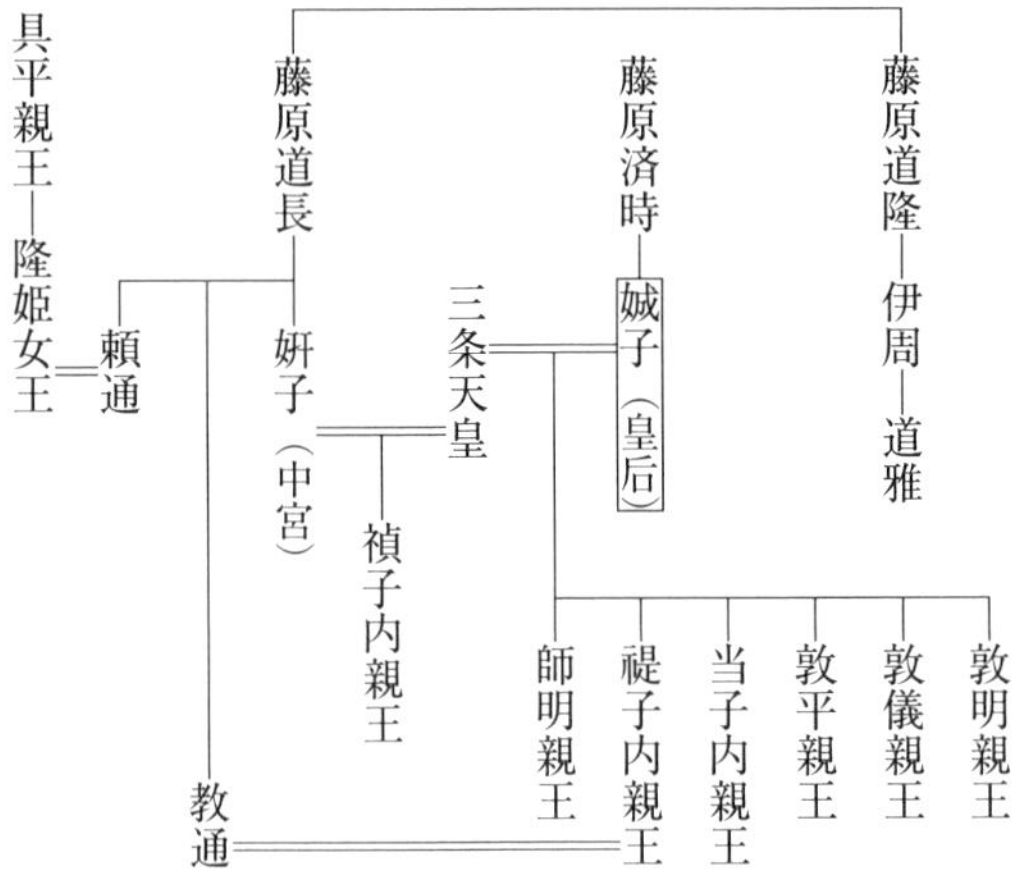


娍子は、先述の通り三条天皇の寵愛深く、史上の承香殿を居所としたキサキたちの中では例外的に皇后の地位にまで上った女性であるが、後盾がなく、競争相手である中宮藤原妍子に比して弱い立場であった。彼女は、三条との間に四男二女を儲けており、長女の当子《とうし》内親王は、伊勢神宮の斎宮に任じられたが、退下した後、臣下の藤原道雅《みちまさ》（藤原伊周男）と密かに関係を持ち、このことを知って激怒した父三条に仲を裂かれてしまったのだという（『栄花物語』たまのむらぎく巻）。また、二女の禔子《しし》内親王については、三条の希望によって藤原摂関家の頼通《よりみち》（藤原道長の嫡男）に縁談が持ちかけられた。なお、史上において在位中の天皇が皇女を臣下と結婚させるべく動いたのはこれが初例であるという。ところが、頼通にはすでに妻の隆姫女王《たかひめ》（具平《ともひら》親王女）がいた。一夫多妻が当たり前の時代とはいえ、隆姫を悲しませたくないと悩む頼通は重病に陥り——

『栄花物語』には、その原因が、頼通を恨む隆姫の乳母の祈りに答えた貴船明神《きふねみようじん》や隆姫の亡父具平親王の怨霊の祟りであったとまで記されるが、これは脚色であるという――、結局この縁談はその騒ぎで取り止めになってしまった（同）。最終的に彼女は、頼通の弟教《のり》通《みち》と三条の崩御後に結婚している。

この娍子腹の二人の皇女の人生が、『夜の寝覚』・『浜松中納言物語』の承香殿女御腹の皇女たちのそれと類似するのは、ただの偶然とは思えない。ともに菅原孝標女の手によって成ったとされる二作品であるが、作者の脳裏には、臣下と恋愛関係に陥る皇女や臣下への降嫁話が持ち上がる皇女の母として娍子がイメージされていたにちがいない。だからこそ、娍子の居所承香殿が、物語の皇女たちの母女御の住まいとして設定されたものであろう。

# 麗景殿——転落するキサキの住まい

麗景殿《れいけいでん》は、弘徽殿《こきでん》や承香殿《じようきようでん》のように、しばしばキサキの居所として使用された建物であり、後宮におけるその序列は、弘徽殿・承香殿に続く第三位であったと思われる。

## 序列第三位の殿舎

天皇の住まいである清涼殿《せいりようでん》からの距離を考えるならば、清涼殿に隣接する弘徽殿・承香殿に比較して、やや離れた場所にある麗景殿が格下の扱いであろう。さて、この殿舎は、前節の承香殿と同様、史上では使用頻度が高かったにも関わらず、平安時代の物語においては主要なキサキが暮らすことはなく、読者に与える印象は薄い。本節では、その理由について考察していきたい。

まず、史上の一条朝までの麗景殿の主な居住者について表5にまとめた。朱雀《すざく》朝では、朱雀天皇母后穏子《おんし》が所生の康子《こうし》内親王とここを使用することがあった。ただし、穏子は、「弘徽殿と常寧殿」の節で述べたように、弘徽殿・常寧殿《じょうねいでん》・麗景殿を併用していたと考えられる。

それ以外は、全て天皇や東宮のキサキが使用した例である。天皇のキサキとしては、村上朝の女御荘子《そうし》女王（代明《よあきら》親王女）、円融《えんゆう》朝の皇后媓子《こうし》（藤原兼通《かねみち》女）、尊子《そんし》内親王（冷泉《れいぜい》天皇皇女）、花山《かざん》朝の女御姫子《きし》（藤原朝光《あさみつ》女）の四人、東宮のキサキとしては、一条朝の東宮居貞《いやさだ》親王妃綏子《すいし》（藤原兼家《かねいえ》女）の一人がいた。以下、それぞれのキサキの人生について

表5　麗景殿の居住者（〜一条朝）

| 天皇 | 麗景殿居住者 | 出典 | 備考 |
|---|---|---|---|
| 朱雀朝 | 穏子（皇太后）・康子内親王 | 本・天慶元・11・3、李・天慶5・正・14等 | 弘徽殿・常寧殿と併用か |
| 村上朝 | 荘子女王（女御） | 栄・月の宴巻等 | |
| 円融朝 | 藤原媓子（皇后） | 親・天延元・2・20等 | |
| | ↓尊子内親王 | 紀・天元3・10・20等 | 尊子は後に承香殿に移った |
| 花山朝 | 藤原姫子（女御） | 小・永観2・12・5等 | |
| 一条朝 | 藤原綏子（尚侍） | 栄・さまざまのよろこび巻 | 綏子は東宮居貞親王妃 |

※出典は以下の通り。本＝『本朝世紀』、李＝『李部王記』、親＝『親信卿記』、紀＝『日本紀略』、小＝『小右記』、栄＝『栄花物語』

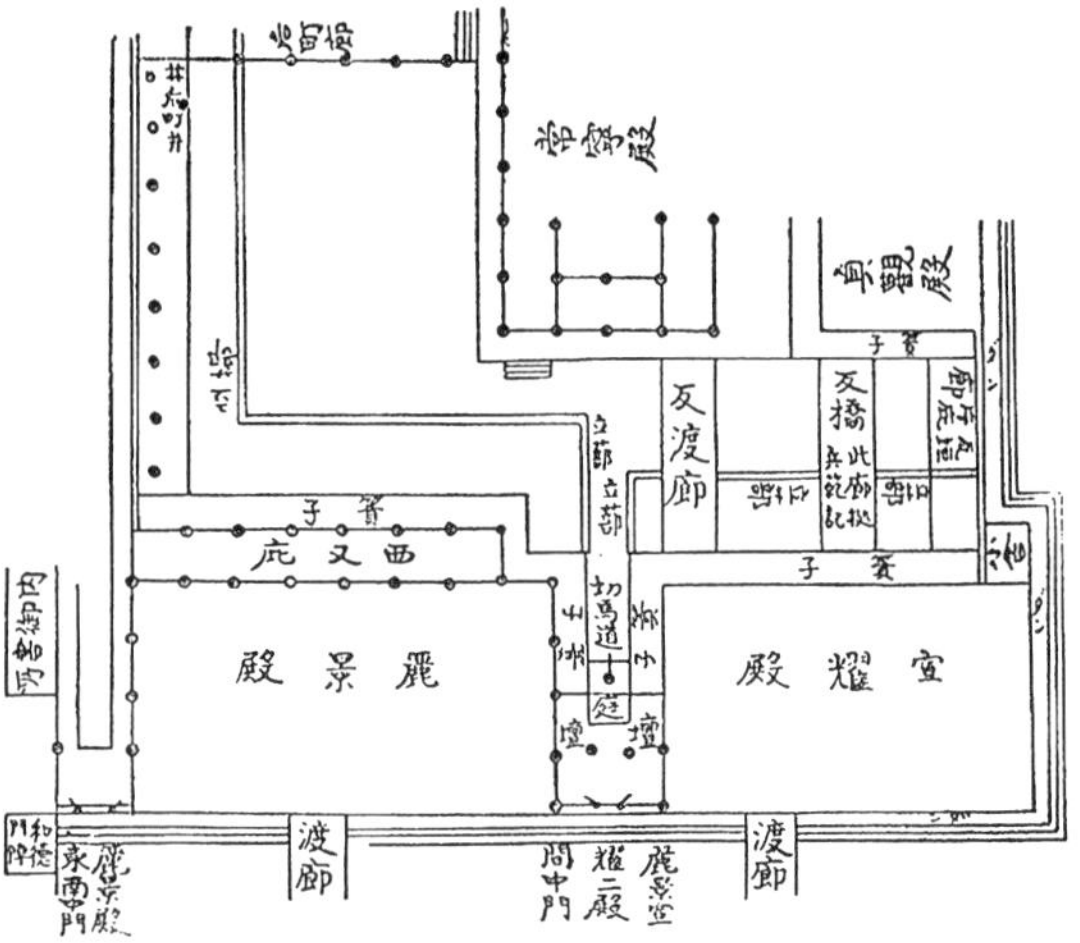


図40　麗景殿・宣耀殿図（『大内裏図考証』）

見ていくことにする。

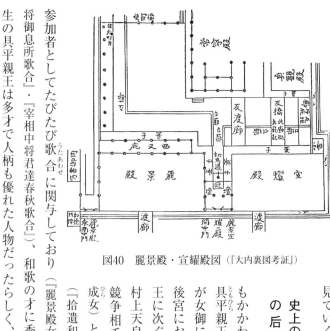

## 史上の麗景殿の后妃たち

まず村上天皇女御の荘子女王だが、母方祖父藤原定方《さだかた》・父代明親王没後にもかかわらず、後見の弱い状況で入内し、具平《ともひら》親王・楽子《らくし》内親王を生んでいる。彼女が女御に任じられた時期からすると、村上後宮における序列は中宮安子《あんし》、女御徽子《きし》女王に次ぐ第三位だったようである。荘子と村上天皇の他のキサキとの関係は良好で、競争相手の中宮安子や更衣脩子《しゅうし》（藤原朝成《あさひら》女）と交流があったことが知られている（『拾遺和歌集』・『中務集』）。主催者または参加者としてたびたび歌合《うたあわせ》に関与しており（『麗景殿女御荘子女王歌合』・『麗景殿女御・中将御息所歌合』・『宰相中将君達春秋歌合』）、和歌の才に秀でた女性であった。また、荘子所生の具平親王は多才で人柄も優れた人物だったらしく、『栄花物語《えいがものがたり》』は、この皇子を立派に養育した荘子について、「母女御の御心ばへ推しはかられけり」（月の宴巻）――具平の様子から母女御の素晴らしさも推察されると、高く評価している。夫帝死後は出家を果たしたが、『本朝世紀《ほんちょうせいき》』という歴史書の荘子女王の出家の記事（康保四年七月十五日条）で

図41　荘子女王

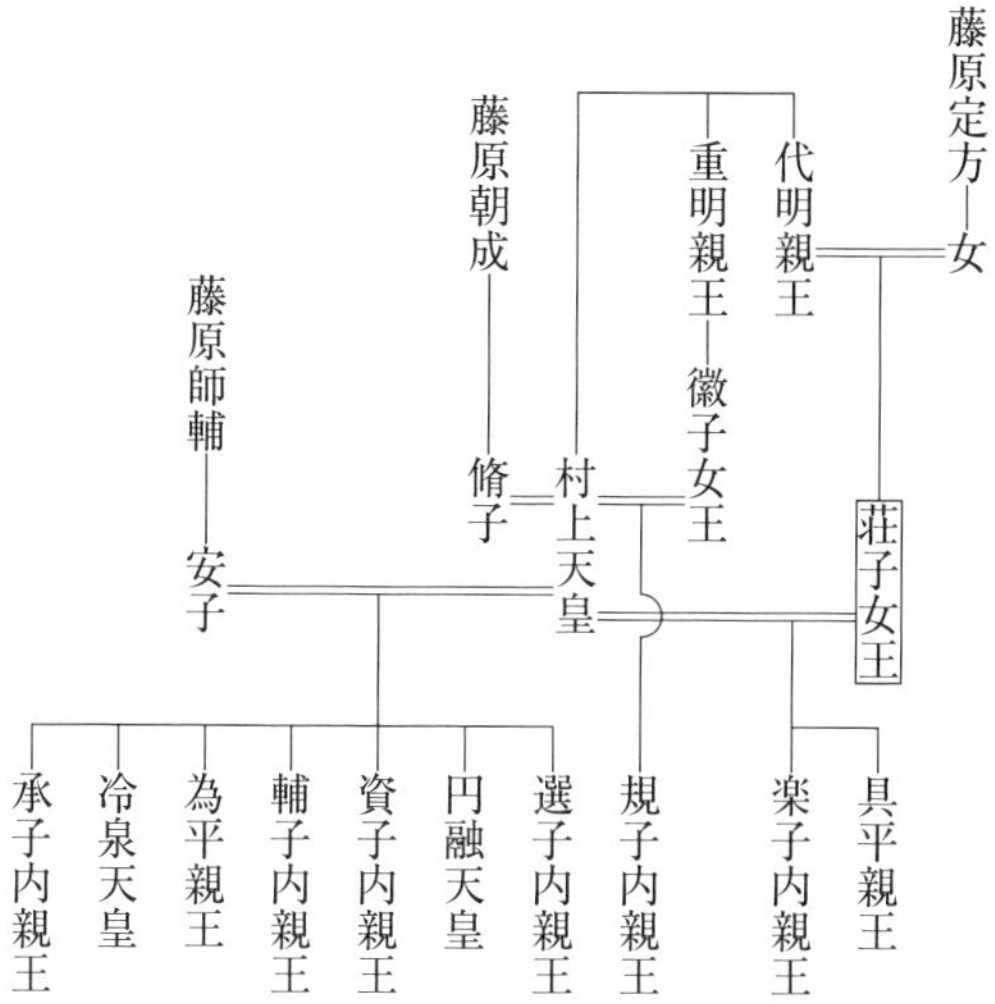


は、荘子について「先帝の遺愛にあらざるなり（村上天皇の寵愛する女性ではなかった）」と記され、寵愛という点ではそれほど時めいたキサキでなかったという。

次に藤原媓子は、円融天皇の最初の皇后だった人物である。権力者藤原兼通の娘として後宮に入り、初めの頃はただ一人のキサキとして重んじられ、立后を果たした。『栄花物語』では「中宮の御有様いみじうめでたう、世はかうぞあらまほしきと見えさせたまふ」（花山たづぬる中納言巻）と中宮（皇后）媓子の様子が華やかに時めいていて理想的であったことが記されている。しかし後見人であっ

図42　円融朝の後宮

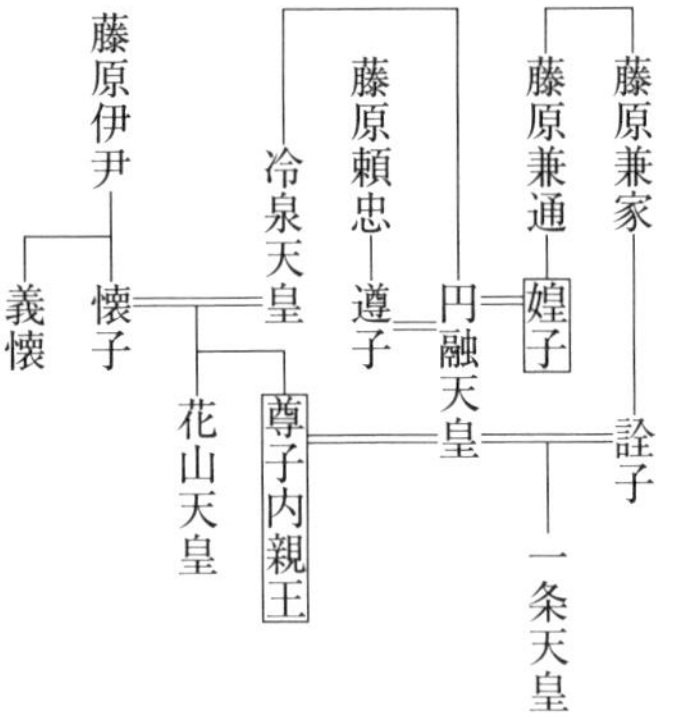


た父が亡くなると、彼女の境遇は一変する。有力貴族の娘達――藤原頼忠《よりただ》女の遵子《じゅんし》や藤原兼家女の詮子《せんし》が後宮に次々と入内して圧倒されてしまうのである。媓子の亡父の兼通と仲の悪かった叔父兼家などは、「中宮をかくつつましからず、ないがしろにもてなしきこえたまふ」(同)と、媓子に遠慮することなく、ないがしろに扱ったのだという。その後、媓子は父の死の二年後に不遇のまま病死することになる。なお、皇后にまでなった媓子が弘徽殿ではなく麗景殿を居所として使用していることには疑問が残るが、媓子は当初円融天皇の唯一のキサキだったので、後宮を独占しており、格の高い弘徽殿などとともに隣接する麗景殿を併用していたのかもしれない。

媓子の死後に入内して麗景殿を用いたのが尊子内親王である。尊子の父冷泉上皇は狂気持ちで奇行の多い人物であり、母方祖父藤原伊尹《これただ》はすでに没していた。後見役の叔父藤原義懐《よしちか》はまだ若く公卿にもなっておらず、そのような状況下では、他のキサキたち(中宮遵子、女御詮子)に比べて劣った立場だったようである。ただし、尊子は、当初麗景殿に入

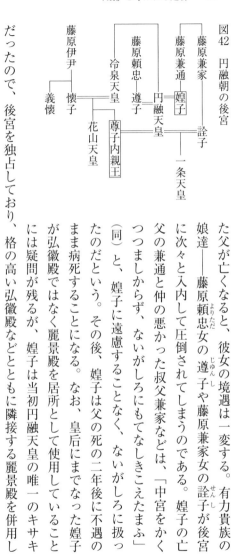

内するも、わずか一年余りで承香殿に移っている。彼女は、「承香殿女御」の名で呼ばれたが（『小右記』天元五年四月九日条）、「麗景殿」と称された事例については見出せないので、この人については麗景殿のイメージは弱いかもしれない。

花山天皇女御姫子は、藤原朝光の娘である。彼女は、花山天皇に入内を要請されて入内し大変時めいたが、わずか一ヵ月で急速に寵愛が衰え、そのことを恥じて里邸に籠ってしまったのだという。『大鏡』には次のように記されている。

その御腹に、男君三人、女君のかかやくごとくなるおはせし、花山院の御時まゐらせたまひて、一月ばかりいみじうときめかせたまひしを、いかにしけることにかありけむ、まう上りたまふこともとどまり、帝もわたらせたまふこと絶えて、御文だに見え聞こえずなりにしかば、一二月さぶらひわびてこそは、出でさせたまひにしか。また、さあさましかりしことやはありし。御かたちなどの、世の常ならずをかしげにて、思し嘆くも、見たてまつりたまふ父大納言、御せうとの君達、いかがは思しけむ。

（『大鏡』兼通伝）

〈朝光の〉北の方腹のお子様として、男君が三人と、姫君で輝くように美しい方〈姫子〉がいらっしゃったが、花山天皇の御代に入内なさって、一月ほどたいそう寵愛を受けなさったのを、どのような事情があったのだろうか、天皇のお側に参上なさることもなくなり、

図43　藤原姫子

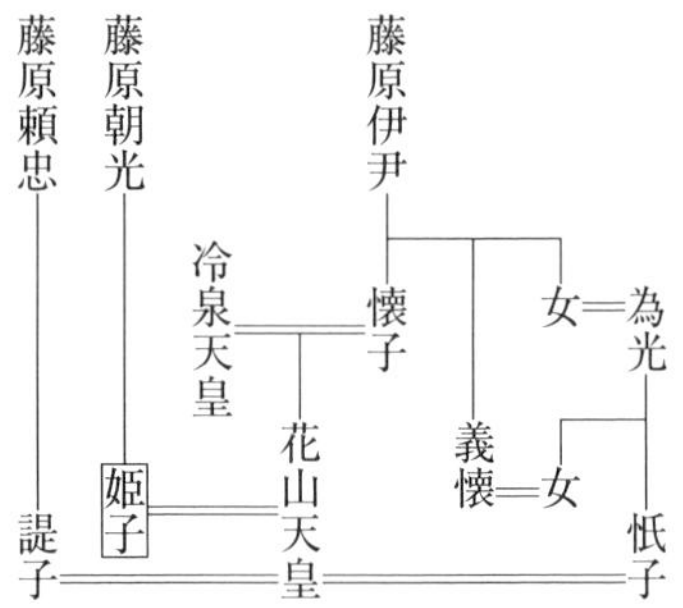


天皇もこの方の部屋にお渡りになることが絶えて、お手紙さえ頂かれることがなくなってしまったので、一、二ヵ月は辛抱してお仕えしたものの、いたたまれなくなって、宮中から退出なさってしまった。まったく、ここまであきれるような出来事は他にあっただろうか。御容貌などが、並々ならずお美しい方で、寵愛が衰えたのをお嘆きなさる様子を、御覧申さねばならぬ父大納言〈朝光〉や御兄弟の君達は、どんな思いでいらっしゃっただろう。）

なお、姫子は、花山天皇の後宮では弘徽殿に住んだ藤原為《ため》光《みつ》女の忯子《しし》——花山の叔父藤原義懐の姻戚であることにより、義懐の強力な支援を受けて入内したという（増田繁夫「源氏物語の後宮」）——、承香殿に住んだ関白藤原頼忠女諟子《しし》に次ぐ第三位のキサキだったと思われる。

一条朝の藤原綏子は、摂政藤原兼家の娘であるが、妾妻腹だったため正規のキサキにはなれず、尚侍《ないしのかみ》に任じられた（後藤祥子「尚侍攷」）。そうはいっても、東宮居貞親王（三条天皇）に最初に入内し、父兼家の権勢を背景に正規のキサキと変わらぬ待遇を受けて時めいた（『栄花物語』さまざまのよろこび巻）。東宮の住む梨壺《なしつぼ》に近い麗景殿に入り、「麗景

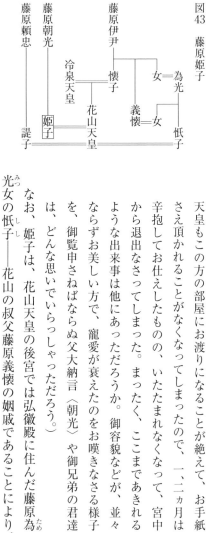

殿」「麗景殿の尚侍」と呼ばれている。しかし、入内翌年に父を亡くし、さらには臣下の源頼定《よりさだ》との密通が発覚し、東宮に顧みられなくなったという（『栄花物語』とりべ野巻・『大鏡』兼家伝）。綏子は、居貞親王即位前にひっそりと没した。

　以上、麗景殿に住んだ女性について見てきたが、その内、荘子女王・媓子・綏子は後見を失ったことにより頼りない立場となったキサキであった。また、姫子はにわかに寵愛を失い、みじめな身の上へと転落したキサキであった。これらのキサキたちには境遇の変化を経験したキサキたちという共通性がある。どうも、麗景殿という殿舎には、前節の承香殿同様、負のイメージがあったようである。後見を失ったり寵愛が衰えたりして頼りない境遇に陥るなど、凋落した不遇のキサキの印象がまとわりつく。このせいで、平安朝物語の中の麗景殿のキサキたちに栄光がもたらされなかったと考えられる。ちなみに麗景殿に住んだ天皇のキサキは、弘徽殿や承香殿に住むキサキよりも下位の第三位の女性であることがやはり多かった。その一方で、東宮のキサキの場合、東宮御所として用いられた梨壺に程近い麗景殿は条件の良い場所であり、一条朝で尚侍とはいえ摂政の娘と

図44　藤原綏子

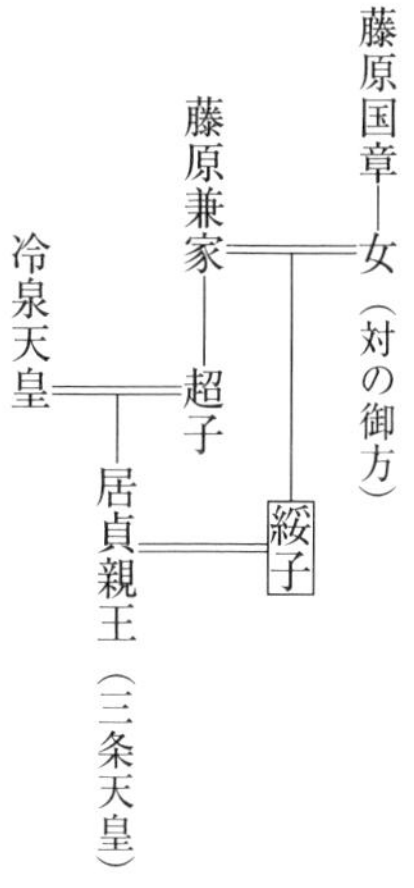

して時めいた綏子が使用して以降、やがて東宮敦良《あつなが》親王（後朱雀《ごすざく》天皇）妃禎子《ていし》内親王、東宮貞仁《さだひと》親王（白河《しらかわ》天皇）妃藤原賢子《けんし》など有力な東宮妃の住まいとなっていったようである（東宮妃の住まいについては、次章「飛香舎（藤壺）」の節で触れる）。

## 『源氏物語』の麗景殿

『源氏物語』には麗景殿に住んだキサキが四人も登場する。この数は、他のどの殿舎のキサキよりも多く――格上であった弘徽殿や承香殿、物語中で主要人物の住まいになる藤壺《ふじつぼ》でも三人にとどまる――麗景殿という殿舎が後宮でよく使用されていた事情を反映するものであったろうと思われる。

順に見ていくと、まず桐壺帝《きりつぼてい》の麗景殿女御《れいけいでんのにょうご》、この人は光源氏の妻となる花散里《はなちるさと》の姉にあたるが、後見の弱い頼りない立場だったようである。次に朱雀帝《すざくてい》の麗景殿女御は、外戚右大臣《うだいじん》一族の藤大納言《とうだいなごん》（右大臣子息）の娘である。それから、冷泉《れいぜい》朝の東宮（今上帝《きんじょうてい》）妃の麗景殿は、左大臣《さだいじん》の娘で、明石《あかし》の姫君《ひめぎみ》（光源氏の娘）の競争相手だった人であり、夫の即位後には居住場所を変更し藤壺女御《ふじつぼのにょうご》と呼ばれている。最後の一人は紅梅大納言《こうばいだいなごん》（致仕《ちじの》大臣《だいじん》〈頭中将《とうのちゅうじょう》〉の次男）の長女で、今上帝の御代の東宮に入内し寵愛を受けている。

この中で、有力な東宮妃だった左大臣の娘と紅梅大納言の娘が麗景殿を使用していることは、史上の東宮後宮における麗景殿の位置づけからしても納得できる設定である。一方で、天皇のキサキとしては弘徽殿・承香殿より下位の女性が用いていた麗景殿を、朱雀天皇外戚の藤大納言の娘が使用しているのは少し不審に思える。ただし、この女性については、ほんの一場面のみで名前が見える。朱雀朝において、光源氏が敵方右大臣一族の頭《とうの》弁《べん》（右大臣孫）と宮中で遭遇した際、謀反を疑われて嫌味を言われるという場面（賢木巻）があり、その際に、この時頭弁は「姉妹《いもうと》の麗景殿の御方に行く」ところであった、と説明されるのである。一方で光源氏の方は、藤壺《ふじつぼ》の宮（東宮〈後の冷泉帝〉の母）を迎えに東宮御所（おそらく梨壺か）に参上する途中であった。思うに、頭弁の姉妹の居所が麗景殿と設定されたのは、この建物が梨壺付近の建物であったからではないだろうか。光源氏・頭弁の対面を自然なものにすべく、建物同士の位置関係が考慮されたのであろう。

図45　『源氏物語』の麗景殿

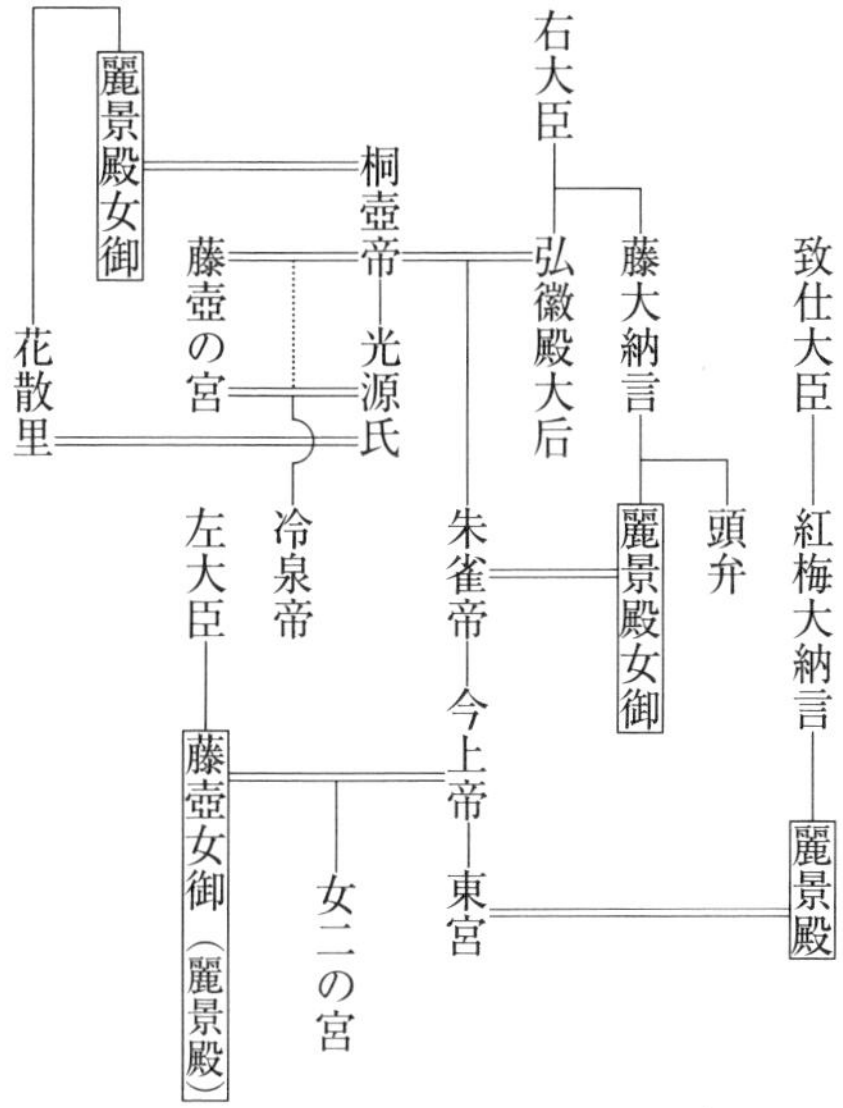


　さて、『源氏物語』の麗景殿については、使用頻度の高い割に、そこに住まうキサキたちは登場場面の少ない影の薄い

マイナーな人物が多いことに気付かされる。朱雀帝の麗景殿女御、今上帝の御代の東宮妃の麗景殿の二人については、それぞれ賢木巻《さかきのまき》、紅梅巻《こうばいのまき》のわずかな箇所にしか登場せず、具体的な言動も描かれず、物語に大きな影響を与えるわけではない。冷泉朝東宮妃の麗景殿にしても、後に「藤壺女御」と呼ばれ、女二《おんなに》の宮《みや》の母として存在感を示す（次章「飛香舎（藤壺）」の節参照）ものの、麗景殿に居住していた東宮妃時代については、明石の姫君の対抗馬として東宮に最初に入内したことが簡潔に記されるのみである。

ただし、この中で桐壺帝の麗景殿女御だけは、物語の主人公光源氏との関わりを持ち、性格や発言などについても比較的描写されており、その場限りの人物ではなくある程度の重要性を持って登場させられたと考えられる。本節では、この桐壺帝の麗景殿女御を取り上げ、麗景殿という建物が彼女の人物造型と関わりを持つことについて考察していきたい。

## 花散里の姉女御と荘子女王

花散里の姉、桐壺帝（桐壺院）の麗景殿女御の初登場場面は花散里巻に描かれる。「宮たちもおはせず、院崩《かく》れさせたまひて後、いよいよあはれなる御ありさまを、ただこの大将殿の御心にもて隠されて過ぐしたまふなるべし」とあり、桐壺院との間に子もおらず、院の崩御後は後見する人もおらず、妹の花散里と心細い暮らしをしていて、ただ義理の息子で妹の恋人であった光源氏だけを頼りにしていたのだという。麗景殿女御は、光源氏にとって、花散里とともに心にかけてい

図46　光源氏と語り合う麗景殿女御（『源氏物語画帖』花散里巻，国文学研究資料館蔵）

る庇護対象であり、亡き父桐壺院の思い出を共有するかけがえのない人であった。

ある夜、久しぶりに花散里のもとを訪れた光源氏は、麗景殿女御にも挨拶し、故桐壺院の御代をなつかしんで語り合う。女御は、かつて格別の寵愛を受けていたわけではなかったが、桐壺院には睦まじく親しみの持てる人と評価されていて、実際接してみた光源氏も「女御の御けはひ、ねびにたれど、飽くまで用意あり、あてにらうたげなり（女御はお年をめしているが、どこまでも心遣いが行き届いていて、気品あり愛らしげである）」、「ものをいとあはれに思しつづけたる御気色の浅からぬも、人の御さまからにや、多くあはれぞ添ひにける（しみじみと物を思い続けていらっしゃる御様子の並一通りではないのも、御人柄のせいかいっそう心にしみるのであった）」と、その応対の様から思慮深さや品の良さを感じ取り、女御の詠歌を聞いて「人にはいとことなりけり（普通の女性と異なり格別に優れている）」と称賛している。

さて、この女御の住まいはなぜ麗景殿として設定されたのだろうか。その理由として、まずは麗景殿と光源氏の宮中での私室があった桐壺（次章「淑景舎（桐壺）」の節参照）の近さが挙げられる。物語本文では、麗景殿女御の妹花散里と光源氏の出逢いについて「内裏《う ち》わたりにてはかなうほのめきたまひし」（花散里巻）と宮中での出来事だったことが示唆され、そこから花散里が姉の暮らす内裏《だいり》に滞在していたことが分かる。花散里姉妹の居所麗景殿は、光源氏の住んでいた桐壺のすぐ近く、斜向かいに位置する。両殿舎の距離の近さは、読者に花散里と光源氏の宮中での出逢いが自然であったかのように思わせたのではないだろうか。つまり花散里の姉女御の居所を麗景殿とすることは、姉に従って麗景殿にいた花散里と桐壺に住む源氏の宮中での出逢いを導くために必要な設定であったと考えられる。

今一つの理由として挙げられるのは、史上の麗景殿との重ね合わせである。花散里の姉女御には後見たる親族がおらず、おそらくは入内後に親を亡くしたと思われる。後宮において後盾もなく、帝の寵愛薄く子もいない格下の女御であり、さらには夫帝にも先立たれ、次々と庇護者を失って頼りない立場に陥るその境遇は、史上の不遇であった麗景殿のキサキたちを想起させる。中でも、村上天皇女御の荘子女王はよく似ているように思われる（斎藤正昭『源氏物語のモデルたち』）。

前述のように、父はおらず後見の弱かった荘子女王は、後宮の中で、権勢があったわけではなく、また寵愛厚いわけでもなかった。しかし、歌合にたびたび関与していること、子女を見事に育て上げたことなどから、優れた人柄や教養を備えていたことが分かる。また、村上天皇に先立たれた後は菩提を弔うために出家を果たしている。そこに、桐壺院の治世をなつかしむ桐壺院の麗景殿女御と同じく、夫帝を慕うキサキの姿を読み取ることができる。ちなみに、荘子女王は競争相手だったはずの中宮安子や更衣脩子と親しく交流していたようであり、穏やかな気性で他のキサキたちと争うことなくうまく身を処していたところなどは、光源氏の妻となった花散里――つつましく控えめに振舞い、他の妻の紫《むらさき》の上《うえ》らとの間に良好な関係を築いた――を思わせるところがあることも指摘しておきたい。

見てきたように、荘子女王のあり方は、子の有無を除けば、桐壺院の麗景殿女御とまさしく一致する。子供については、光源氏一人を頼みとさせるという設定のために、皇子女を産んでいない方が都合が良かったのだと思われる。『源氏物語』は、故桐壺院の御代を偲ぶ寄る辺なき身の上のキサキを登場させる必要があった時、その住まいとして意図的に史上において頼りない境遇に陥ったキサキたちが住んだ麗景殿を選び出したのだと考えられる。その中でも特に村上朝の荘子女王が、麗景殿女御の人物造型の核とされていたのであろう。『源氏物語』作者の紫式部は、父の代から具平親王家と親しくしていたらしいから、具平親王母の荘子女王をモデルとして参考にしたことも十分故あることであった。

### 『うつほ物語』『狭衣物語』の麗景殿

『源氏物語』以外だと、『うつほ物語』『狭衣物語《さごろもものがたり》』にも麗景殿は描かれているので、これについても触れておく。『うつほ物語』国《くに》譲巻《ゆずりのまき》では、新帝《しんてい》の多くのキサキたちの居所について次のように記されている。

かくて、妃《ひ》の宮は承香殿《そきやうでん》に、故大臣殿の宣耀殿《せんえうでん》、今のは麗景殿に、左の大殿のはやがて藤壺、式部卿の宮のは登華殿《とうくわでん》、右の大殿の梨壺、平中納言殿の君登華殿に住ませ給ふ。御名も、皆、しか申す。（国譲下巻）

　これによると、最上位の妃《ひ》であった嵯峨院《さがいん》皇女小宮《こみや》は承香殿に、一の女御の故太政大《だいじょうだい》臣《じん》源季明《すえあきら》の娘は宣耀殿《せんようでん》に、二の女御であった現太政大臣藤原忠雅《ただまさ》の娘は麗景殿に、三の女御の左大臣源正頼《まさより》の娘のあて宮は藤壺に、更衣であった右大臣藤原兼雅《かねまさ》の娘は梨壺に、式部卿宮《しきぶきょうのみや》の娘と平中納言《へいちゅうなごん》の娘は登華殿《とうかでん》（登花殿）に共住みし、その名でそれぞれ呼ばれたのだという（更衣の居住形態については次章「淑景舎（桐壺）」の節で触れる）。ちなみに、平安中期以降、女御の定員は三人と定まっており、上位から順に、一の女御、二の女御、三の女御と呼ばれていたようである（松野彩「女御宣下と牛車宣旨」）。

図47　『うつほ物語』の新帝後宮

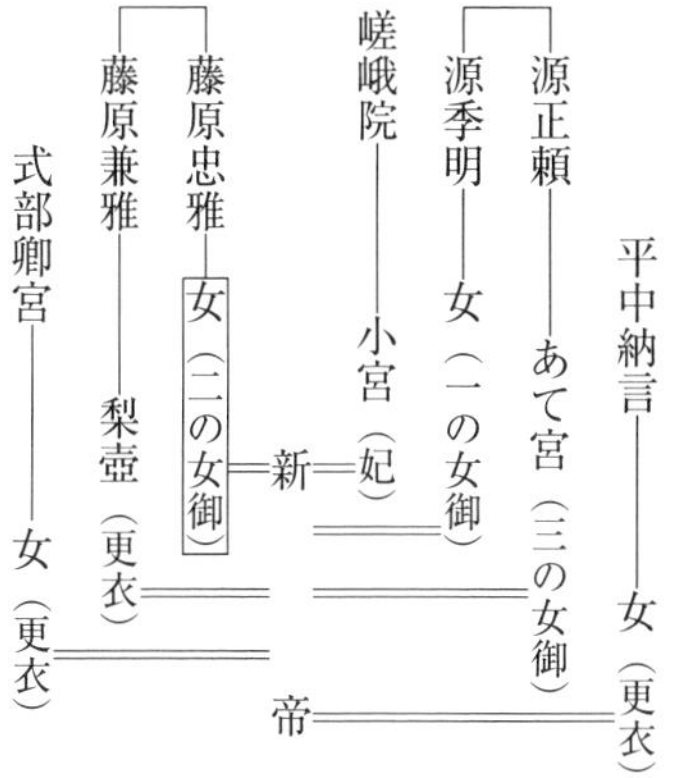


　前節で、『うつほ物語』では新帝母の后宮《きさいのみや》が弘徽殿・常寧殿を使用していたため、筆頭のキサキの小宮は承香殿で暮らしたのだろうということを指摘したが、

妃《ひ》の小宮に次ぐ第二位のキサキ――一の女御が宣耀殿に、対してそれより下位の二の女御が麗景殿を使用しているのは、麗景殿が弘徽殿・承香殿より格下とはいえ、宣耀殿よりは上位の第三位の殿舎であったことからすると解せないところである。ただし、宣耀殿に入った源季明の娘は、一の女御というのは名ばかりで、この当時は父を亡くしており、他に後見となるべき兄弟とも仲が悪く、また帝の寵愛も薄かった。立場が弱くなっていた故に、彼女は宣耀殿しか使用できず、現太政大臣藤原忠雅の娘であった二の女御が代わりに麗景殿を居所としたのであろう。

『狭衣物語』では、後一条《ごいちじよう》朝の東宮（嵯峨院《さがいん》の中宮腹の皇子）のキサキとして右大臣の娘が最初に麗景殿に入内している。史上の藤原綏子や『源氏物語』の東宮（今上帝）妃となった左大臣の娘など、有力な家の女性が真っ先に入内して麗景殿に入った例との類似を見せ興味深い。

# その他の殿——后妃の使用頻度の低い殿

「殿」の中で、これまで述べてきた常寧殿《じょうねいでん》・弘徽殿《こきでん》・承香殿《じょうきょうでん》・麗景殿《れいけいでん》は、史上においても物語の世界でも、キサキたちによく使用されてきた空間であった。それらに比較して使用頻度が低い建物が、内裏《だいり》北側の奥まった場所に位置する宣《せん》耀殿《ようでん》・登花殿《とうかでん》・貞観殿《じょうがんでん》である。以下、これらについても見てみよう。

## 宣耀殿

宣耀殿は、麗景殿の北、梨壺《なしつぼ》の斜向かいに位置する建物であった（図40）。清涼殿《せいりょうでん》からは離れているため、ここに天皇のキサキが住むことはあまりなかった——村上《むらかみ》朝以前は女御藤原芳子《ほうし》くらいしか例がない——が、冷泉《れいぜい》・円融《えんゆう》朝頃から梨壺に東宮御所が置かれるようになると、梨壺との距離の近さが考慮され、前節の麗景殿のごとく東宮妃の居所として使用されていくのである（次章「飛香舎（藤壺）」の節、表8参照）。宣耀殿に住んだキサキでまず有名なのは、村上天皇の女御藤原芳子で、『大鏡《おおかがみ》』（師尹伝）や『枕草子《まくらのそうし》』（「清涼殿の丑寅の隅の」）によると、彼女は美しいだけでなく、父藤原師尹《もろただ》から和歌・音楽・習字に関して厳しく教育されていた。その甲斐あって、入内後は天皇から大変な寵愛を受けたという。この芳子の姪で、東宮時代の三条《さんじょう》天皇に求愛されて入内したのが、藤原娍子《せいし》である。『栄花物語《えいがものがたり》』（みはてぬゆめ巻）に「昔思し出でて、やがて宣耀殿に住ませたまふ」とあり、かつて一族の芳子が宣耀殿を使用していたその縁で、宣耀殿に入ったようである。娍子は、箏《そう》の琴《こと》の名手であり、彼女も三条天皇に寵愛された。なお、夫の即位後には承香殿に移っている（承香殿の節参照）。

宣耀殿は『源氏物語』には登場しないが、『うつほ物語』の新帝《しんてい》の一の女御（源季明《すえあきら》女）――後見たる父を亡くしており寵愛も薄かったことは前節で触れた――や、『狭衣物語《さごろもものがたり》』で主人公狭衣と恋仲だった東宮（後一条帝《ごいちじょうてい》）妃の宣耀殿（左大将《さだいしょう》女）、『夜《よる》の寝覚《ねざめ》』の帝の女御（左大臣《さだいじん》女）、東宮（母は督《かん》の君）妃の宣耀殿女御《せんようでんのにょうご》などが使用している。

**登花殿**

登花殿と貞観殿は、正規のキサキの他に尚侍《ないしのかみ》など女官の使用が目立つ建物である。

まず登花殿から見ていくと、正規のキサキでは、一条《いちじょう》天皇后の定子《ていし》が、父道隆《みちたか》の在世中、華やかな生活を送っていた頃にここを使用していた。後宮筆頭のキサキであった定子が最上位の弘徽殿に入らなかったことには疑問が残るが、ひょっとすると登花殿とともに隣接する弘徽殿を同時に用いていたのかもしれない。というのも、定子以降には、後朱雀《ごすざく》天皇中宮嫄子《げんし》女王、後三条《ごさんじょう》天皇中宮馨子《けいし》内親王が、登花殿・弘徽殿を併用しているから

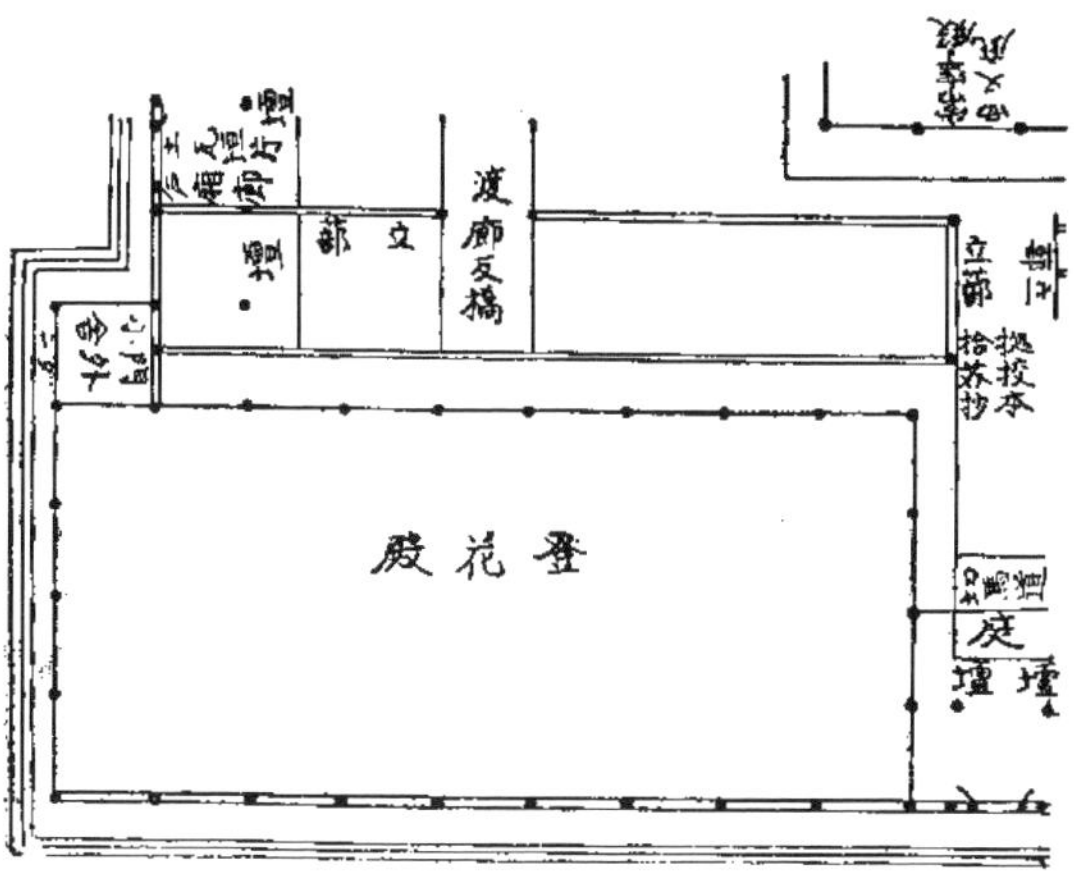

図48　登花殿図（『大内裏図考証』）

である（「弘徽殿と常寧殿」の節参照）。

尚侍では、後朱雀天皇の東宮時代のキサキ、藤原嬉子《きし》が居所としている。彼女の場合は「東宮も梅壺《うめつぼ》におはしませば、ことさらに近き殿をと思しめすなりけり」（『栄花物語』もとのしづく巻）――東宮の住まいが梅壺なので、ことさらに近い建物ということで登花殿があてがわれたのだという。現在私たちがよく目にする内裏の図（図9）――江戸時代の裏松《うらまつ》固禅《こぜん》の『大内《だいだい》裏図考証《りずこうしょう》』の説に基づいて作成されたものである――によれば、梅壺と登花殿は確かに向かい側にあるが、二殿舎は通路などでつながっておらず、行き来するには遠回りしなければなら

ないように見える。ただ、内裏は何度も火災で焼亡し、そのたびに新造されているから、両殿舎が直結していた時期もあったのだろう。嬉子以外にも、院政期のことであるが、天皇・東宮やキサキに仕える女官（女房）が登花殿に局を賜る例が見られる（『中右記』長治二年十二月二十五日条、『今鏡』すべらぎの下巻、『建礼門院右京大夫集』）。

なお、『栄花物語』（月の宴巻）は、村上朝において、皇后藤原安子《あんし》の妹登子《とうし》（重明《しげあきら》親王室）が村上天皇に見初められ、安子と重明親王の死後に召されて、尚侍の身分で後宮の登花殿に入ったとするが、これは事実とは少し異なる。登子の居所は藤原道綱母《ふじわらのみちつなのはは》による日記『蜻蛉日記《かげろうにっき》』によれば貞観殿であり、また尚侍に就任したのは村上天皇の死後、円融朝の頃であった。天皇の寵妃であった頃の登子を尚侍とするのは、『栄花物語』正編成立時の後一条《ごいちじょう》朝頃の尚侍のイメージに基づくものであろうが――尚侍が正規のキサキに準じた役職に変化したのは、村上朝よりもっと後、後一条朝の二代前の一条朝の頃である――、住まいが登花殿とされたのは、やはりこの建物が女官の住まいと考えられていたことによるのではないか。後一条朝にはまさに「登花殿尚侍」である嬉子がおり、そのイメージの影響もあったであろう。

物語の例だと、登花殿は、『うつほ物語』でキサキたち――新帝更衣の平中納言《へいちゅうなごん》の娘および式部卿宮《しきぶきょうのみや》の娘に共用されているが、『源氏物語』では入内前の御匣殿別当《みくしげどののべっとう》時代の

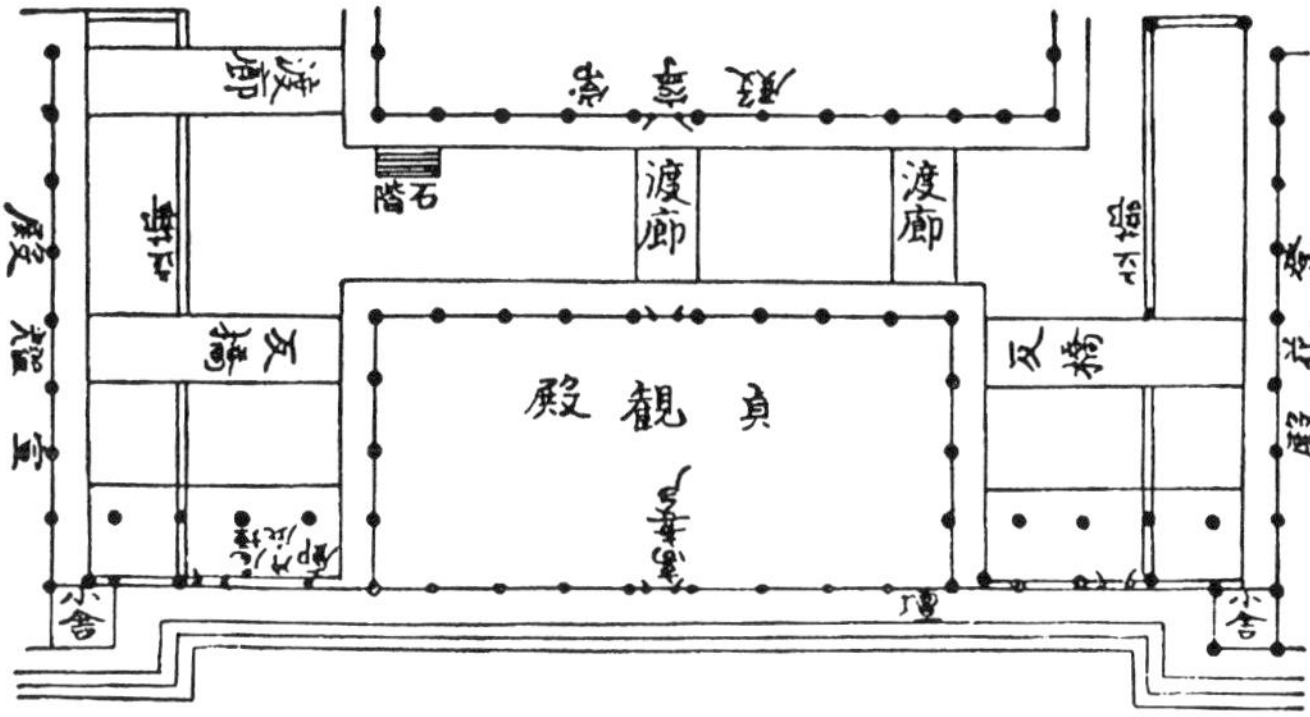


図49　貞観殿図（『大内裏図考証』）

朧月夜《おぼろづきよ》の君に、『夜の寝覚』では帝に入内した尚侍、督の君（老関白《ろうかんぱく》の長女）に居所として用いられており、やはり女官の住まいとの印象が強い。ちなみに、この建物は、その奥まった位置のせいか『源氏物語』では「埋《うも》れたりつる」（葵巻）場所であったとされ、また『夜の寝覚』では「狭《せば》ければ」（巻三）――狭いということで督の君に付き添っていた義母、寝覚の上が登花殿から弘徽殿に移っている（「弘徽殿と常寧殿」の節参照）。他の殿と比較して廂《ひさし》や孫《まご》廂《びさし》などが欠けている構造だったのかもしれない。

## 貞観殿

貞観殿については、有職故実書『西《さい》宮記《きゅうき》』に、御匣殿（天皇の衣服の裁縫を司る女官の役所）があったことが記されている。また后が常寧殿を日常的に用いていた時代、常寧殿の北隣の貞観殿に中宮庁《ちゅうぐうちょう》（后に関する事務を扱う役所）が置かれたという（東海林亜矢子『平安時代の后と王権』)。かつてはこの建物に上級女官の御匣殿別当の部屋があったと考えられていたが、近年、御匣殿別当は別の後宮殿舎を居所としたこと、御匣殿別当以外の人物がここを用いていることが指摘されている(栗本賀世子「貞観殿と登花殿」・大津直子「藤壺の「御かはり」としての王命婦」)。実際、登花殿の項で取り上げた登子は、御匣殿別当でないのに村上朝から円融朝にかけて貞観殿を使用したようで、尚侍就任後は「貞観殿尚侍」と呼ばれている。また、『源氏物語』の御匣殿別当、朧月夜の君は、貞観殿ではなく登花殿を用いていた。

# 「舎」（壺）と呼ばれる建物

# 淑景舎（桐壺）——『源氏物語』主人公一族の拠点

ここからは、後宮十二殿舎の内、狭く格下であった「舎」と呼ばれる建物について見ていこう。正式名称は「○○舎」であるが、それぞれ庭に植えられていた植物などにちなんで「○壺」という優美な名を付けられた。物語などではこちらの別名で記されることが多い。

## 悲劇の東宮妃藤原原子

この章でまず取り上げるのは桐壺《きりつぼ》（淑景舎《しげいしゃ》）——『源氏物語』読者には主人公一族（桐《きり》壺《つぼのこうい》更衣・光源氏・明石《あかし》の姫君《ひめぎみ》）が暮らす建物として大変なじみ深い場所である。庭には桐が植えられていたことから「桐壺」の名で呼ばれ、本舎の北側には北舎《ほくしゃ》と呼ばれる建物が設けられていた（図50参照）。

しかし、この建物は、史上でキサキに使用されることは非常に稀であった（増田繁夫

「源氏物語の後宮」・植田恭代『源氏物語の宮廷文化』）。表6によれば、『源氏物語』の成立した一条《いちじょう》朝以前においては、臣下では、摂政の藤原伊尹《これただ》・兼家《かねいえ》・道隆《みちたか》が宮中での私室として使用していたが、キサキについては、一条朝の東宮居貞《いやさだ》親王（三条天皇《さんじょうてんのう》）妃の藤原原《げん》子《し》のみが用いていた。東宮ではなくて天皇のキサキともなると、使用された記録は皆無であるが、これは、おそらく桐壺が内裏《だいり》北東隅に位置していて天皇の住む清涼殿《せいりょうでん》からあまりにも離れすぎているため――後宮十二殿舎の中で最も清涼殿から遠いのが桐壺であった――不便であったからであろう。

ここでは、一条朝以前に桐壺に住んだ唯一のキサキ、原子の生涯について見てみよう。原子は、摂政藤原道隆の娘で、一条天皇皇后定子《ていし》の妹にあたる。初め、華々しく東宮居貞親王に入内し、東宮御所梨壺《なしつぼ》に隣接していた桐壺を父道隆から譲られて「淑景舎女御《しげいさのにょうご》」と呼ばれ、東宮の寵愛を受けた。ちなみに、本来東宮妃の位に関する規定はなく、東宮妃が女御や更衣などに任じられることはないが、平安中期頃には、東宮妃のことを「女御」とあだ名で呼んでいたよ

表6　桐壺の居住者（〜一条朝）

| 天皇 | 桐壺居住者 | 出典 |
|---|---|---|
| 円融朝 | 藤原伊尹（摂政） | 紀略・天禄元・6・8等 |
| 一条朝 | 藤原兼家（摂政） | 紀略・永延3・正・27等 |
| | →藤原道隆（摂政） | 紀略・正暦2・12・9等 |
| | →藤原原子（東宮居貞親王妃） | 権・長保4・8・3等 |

※出典は以下の通り。紀略＝『日本紀略』、権＝『権記』

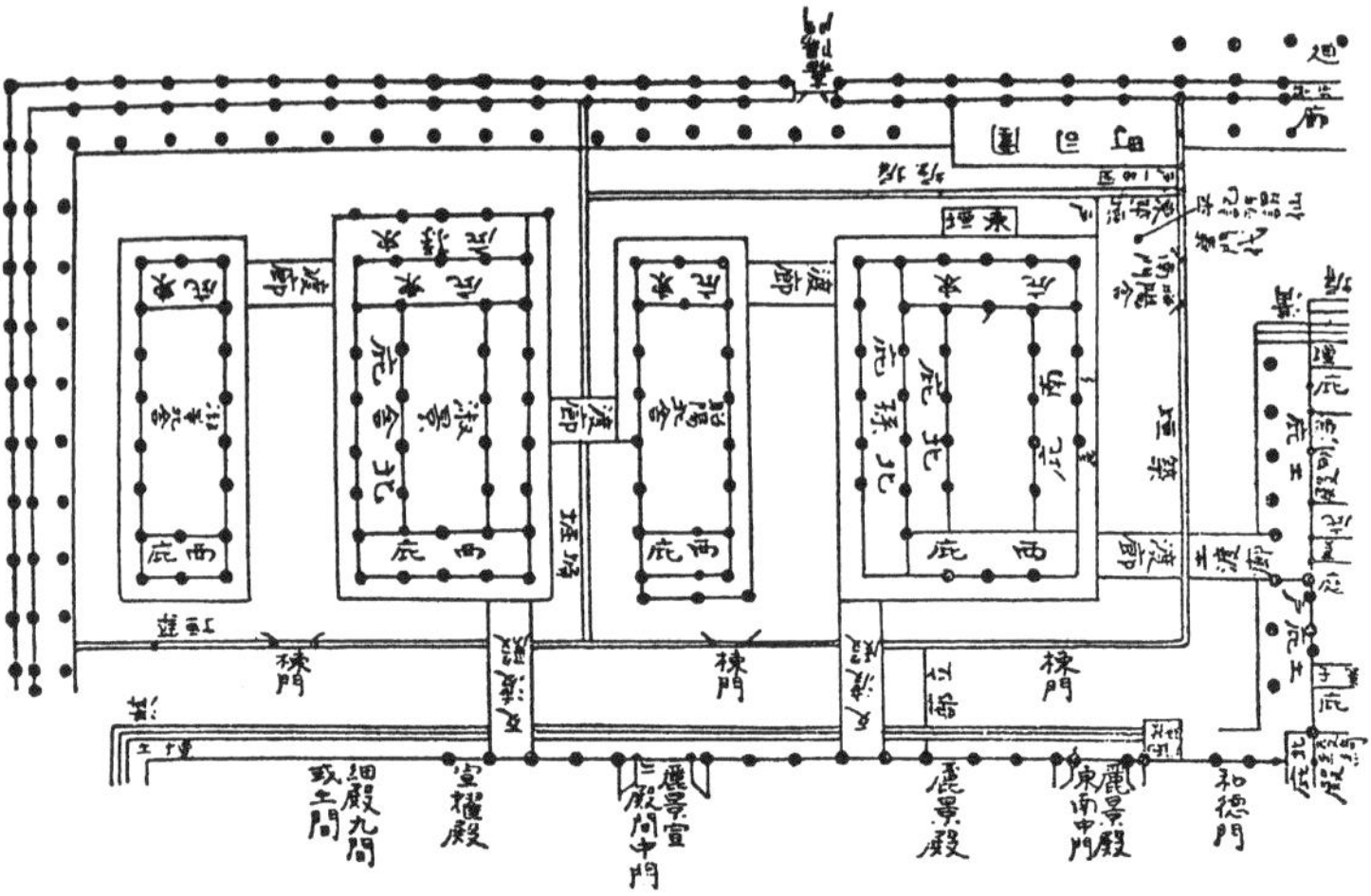


図50　桐壺・梨壺図（『大内裏図考証』）

うである（高田信敬『源氏物語考証稿』）。

ところが、原子はその後、父道隆の死、兄伊周《これちか》・隆家《たかいえ》の失脚で実家が没落する憂き目にあった後、鼻や口から血を噴き出すという不審な死を遂げることになる。

あはれなる世にいかがしけん、八月二十余日に、聞けば淑景舎女御うせたまひぬとののしる。「あないみじ。こはいかなることにか。さることもよにあらじ。日ごろ悩みたまふとも聞えざりつるものを」などおぼつかながる人々多かるに、「まことなりけり。御鼻口より血あえさせたまひて、ただにはかにうせたまへるなり」と言ふ。あさましいみじとは世の常なり。世の中はかなしといふなかにも、めづらかに心憂

き御有様なり。　（『栄花物語』とりべ野巻）

（しみじみと悲しさの漂う世の中で、これはまたどうしたことか、八月二十日過ぎに、聞くところによると淑景舎女御〈原子〉がお亡くなりになったと騒がしい。「ああ大変なことになった。これはどういうことだろう。まさかそんなこともあるまい。最近お病気とも聞こえてこなかったのに」などいぶかしむ人々が多い中、「本当のことであった。御鼻・御口から血を流しなさって、ただ急にお亡くなりになったのだ」と言う。情ない忌まわしいという言葉では月並みの言い方である。世は無常で悲しいという中でも、めったになく嘆かわしい御様子である。）

そのあまりにも急な死については、「宣耀殿《せんようでん》ただにもあらずしたてまつらせたまへりければ、かくならせたまひぬる」（同）――東宮の寵愛をめぐる競争相手であった宣耀殿（藤原済時《なりとき》女の娍子《せいし》）方が普通ではないこと（毒殺や呪詛《じゅそ》〈呪い〉などか）をしでかしたから原子が急死したのではないか、と不穏な噂まで立ったのだという。このように哀れな様で若くして亡くなった悲劇の東宮妃原子の人生は、次項で説明するように、同時代に創作された『源氏物語』に多大な影響を与

図51　藤原原子

藤原済時―娍子
　　　　　‖
　　　居貞親王（三条天皇）
　　　　　‖
藤原道隆―┬原子
　　　　　├伊周
　　　　　├隆家
　　　　　└定子
　　　　　　‖
　　　　　一条天皇

えることになる。

## 『源氏物語』の桐壺の一族

『源氏物語』では、桐壺は主人公光源氏の母桐壺更衣が暮らした場所であり、後に光源氏、そして光源氏の娘の明石の姫君もここを宮中での住まいとしている。桐壺更衣が登場する首巻の巻名にも使用されており、『源氏物語』読者には大変よく知られた建物であろう。

桐壺更衣については以下のように記されていた。

御局は桐壺なり。あまたの御方々を過ぎさせたまひて隙《ひま》なき御前渡りに、人の御心を尽くしたまふもげにことわりと見えたり。参上《まうのぼ》りたまふにも、あまりうちしきるをりをりは、打橋《うちはし》、渡殿《わたどの》のここかしこの道にあやしきわざをしつつ、御送り迎への人の衣の裾たへがたくまさなきこともあり、また、ある時には、え避らぬ馬道《めだう》の戸を鎖しこめ、こなたかなた心を合はせてはしたなめわづらはせたまふ時も多かり。（桐壺巻）

（この更衣の御部屋は桐壺である。帝が多くの女御更衣方のお部屋を素通りなさってひっきりなしにそちらに出向きなさるので、その方々がやきもきなさるのもなるほど無理ならぬことと思われた。桐壺更衣が清涼殿に参上なさるにつけても、あまりにたび重なる折々は、打橋〈建物をつなぐ取り外し可能な橋〉・渡殿〈渡り廊下〉のあちこちの通り道に汚物をまき散らしては、送り迎えの女房の衣装の裾が堪えられないほど汚れてしまうこともあり、ある時には、どうしても通って行かねばならぬ馬道〈建物の内部を貫く廊下〉の両端の戸を閉めて更衣を閉じ込め、こちら側とあちら側で示し合わせて困らせて苦しめなさる時もしばしばである。）

桐壺更衣が他のキサキたちから壮絶ないじめを受ける場面である。それ程までにキサキたちは桐壺更衣を憎んでいたのだが、その嫉妬を増幅させる装置として実は物語内にはある工夫が施されていた。桐壺は内裏の東北隅にあり、帝の住まい清涼殿からもっとも離れた辺鄙な場所にある建物だった。桐壺更衣は身分が低いのでこのような場所を部屋として賜ったのであったが、帝が清涼殿からここまで行くにはどうやっても弘徽殿《こきでん》、承香殿《じょうきょうでん》、麗景殿《れいけいでん》などの他のキサキたちの部屋の前をいくつも通っていかねばならない。目の前を帝につれなく素通りされたキサキたちが桐壺更衣をいっそう恨むようになるのも当然というわけなのである。そして、桐壺更衣が桐壺から清涼殿に行くまでの長い長い道のりの間に、彼女に対してさまざまな嫌がらせをしかけるようになるのであった。

なお、平安時代の史実においては、女御が一人で一つの殿舎を用いたのに対し、基本的に更衣は複数人で一つの殿舎を共有して使用していたため、「弘徽殿女御」「承香殿女御」など女御が占有した殿舎の名で呼ばれたのに対し、更衣は殿舎名で呼ばれることがなかったのだという。しかし、この物語では、光源氏の母更衣が「桐壺更衣」と称されている。

彼女は、帝から特別待遇を受けて桐壺をまるごと一つ使用することを許されたのであろう(増田繁夫「女御・更衣・御息所の呼称」)。とはいえ、与えられたのは、桐壺——清涼殿からの行き来が不便な格下の殿舎にすぎなかったのである。

さて、桐壺更衣は他のキサキたちからの迫害により心労が積もり、早くに亡くなったが、残された息子の光源氏が桐壺で養育され、さらには成人後もここを宮中での部屋としてしばらく使用した。この期間、桐壺は、有名な雨夜《あまよ》の品定《しなさだ》め——光源氏と友人による女性談義が行われる舞台となっている。ちなみに、史上では、天皇の子で成人後に内裏居住が許されるのは原則として皇后(中宮)腹の親王・内親王のみであったようで、更衣腹、しかも皇族を離脱し臣籍に下っていた光源氏が桐壺を使用し続けたのは異例である。物語は光源氏の特別待遇を描くことで父桐壺帝の彼への愛情を強調しようとしたのであろう(栗本賀世子「光源氏青年期の桐壺住み」)。

その後、光源氏は謀反を疑われ、須磨《すま》・明石で流謫《るたく》生活を送ることになるが、やがて罪を許されて都に戻り、冷泉帝《れいぜいてい》の後見役として政界に復帰した。その際に今度は権力者の立場で再び桐壺を使用している。当時、桐壺の南隣に位置する梨壺には、東宮(朱雀院《すざくいん》の皇子、後の今上帝《きんじょうてい》)が暮らしていた。その距離の近さから、光源氏は東宮と交流し、親交を深めたのだという(澪標巻)。冷泉帝の御代のみならず次の天皇の代においても光源氏の

図52　雨夜の品定め（『源氏物語図』帚木〈巻２〉大分市歴史資料館蔵）

地位が安泰であることを読者に予感させせる設定である。

さらに、月日がたち、光源氏の娘、明石の姫君が東宮の後宮に入ることになった。姫君の住まいとして選ばれた殿舎は、やはり桐壺であり、東宮御所に隣接する——東宮と親しくなるのに有利な建物を与えられた姫君は、東宮の寵愛を受け、時めいていく。

見てきたように、物語中で桐壺が主人公一族三代もの長い間使用されたことは大変印象深いのだが、一族三代にわたる後宮の建物の連続使用、しかもその場所は他ならぬ桐壺（淑景舎）とくれば、前項で述べた一条朝の兼家—道隆—原子の使用が物語に影響を与えたと考えて間違

図53　藤原原子と明石の姫君

※□は桐壺使用者

いないだろう。特に原子に関しては、桐壺更衣・明石の姫君との類似が見られる。最後は後見を失って頼りない立場にあった点、また競争相手のキサキによって殺されたと噂された点などは、後見が弱く他のキサキからいじめを受けて亡くなった桐壺更衣とよく似ており、住まいが同じ桐壺であったことと合わせて、桐壺更衣のモデルではないかと指摘されている（吉海直人「桐壺更衣の政治性」）。一方で、同じ桐壺に住んだキサキとはいっても、原子は東宮のキサキ、桐壺更衣は天皇のキサキという違いがある。桐壺更衣がその身分の低さから、天皇の住む清涼殿から遠い内裏隅にある桐壺に追いやられたのに対して、逆に、原子が桐壺に居住したのは、権力者の娘であることにより優遇され、東宮御所の梨壺に最も近い場所の使用を許されたからであった。原子は最後には後盾をなくすが、当初は権力者の娘として東宮の後宮で華やいでいたのである。桐壺に住み始めたそもそもの事情を考えるのならば、原子は東宮のキサキとなった明石の姫君とも重なるのではないだろうか。明石の姫君の場合も、冷泉帝の後見である太政大臣《だいじょうだいじん》光源氏の一人娘――最高の出自の姫君として、桐壺に入っていた。道隆と原子、光源氏と明石の姫君は、桐壺を使用した父の権力者と娘の東宮妃という組み合わせとして、ぴたりと一致する。つまり、原子は、東宮妃として時めいた前半生は明石の姫君に、後見を失って没落した後半生は桐壺更衣に投影されていると考えられる。

## 理想の政治家としての光源氏

史上の兼家・道隆・原子の桐壺使用では、兼家は息子の道隆に、道隆は娘の原子に、生前から自分の住まいだった桐壺を直接譲り渡している。その裏には、後宮で一族の拠点を維持し続けよう、あるいは娘の入内の際、夫となる東宮の部屋に近い場所を譲り渡すことで、娘を有利な立場にしようという思いがあっただろう。彼らと同様、政治的な目論見のもとに、一族が後宮殿舎を独占使用する例として、『源氏物語』の右大臣《うだいじん》一族の弘徽殿の使用が挙げられる。前章「弘徽殿と常寧殿《じょうねいでん》」の節でも少し触れたが、朱雀帝の御代に母后の弘徽殿大后《こきでんのおおきさき》が尚侍《ないしのかみ》となった妹朧月夜《おぼろづきよ》の君に弘徽殿を譲り渡している。この時のことについては、「后は、里がちにおはしまいて、参りたまふ時の御局には梅壺《むめつぼ》をしたれば、弘徽殿には尚侍《かむ》の君住みたまふ」(賢木巻)――大后は里邸にいることが多く、参内時にも梅壺《うめつぼ》を使用するようになったため、弘徽殿には朧月夜が住むことになったと記される。恋愛事件によって正規のキサキになれなかった妹のために、姉がせめて居所の点では最高の待遇を与えようと、清涼殿に近い格上の後宮殿舎である弘徽殿を譲ったことを意味しており、姉から妹への政治的意図に基づく殿舎の直接譲渡の例と見てよいだろう。

その一方で、光源氏一族の場合は、光源氏は母の桐壺更衣から、明石の姫君は父の光源氏から直接桐壺を譲られたわけではなかった。光源氏は、母の死後しばらくたってから宮中に戻り、桐壺を使用し始めている。明石の姫君に関しても、彼女の入内当時、すでに父光源氏は政権を内大臣《ないだいじん》(かつての頭中将《とうのちゅうじょう》)に譲っており、宮中に出仕することは絶えていたから、桐壺は光源氏の居所ではなくなっていた。物語は、桐壺帝に寵愛されながらもはかなく亡くなった桐壺更衣の後宮での住まいを、彼女の魂を慰めるかのように息子の光源氏、孫の明石の姫君に使用させて、そこを拠点に栄華を築き上げさせていくという展開にしている。しかし、その際に、この主人公一族の桐壺の継承は、歴史上の藤原兼家・道隆・原子たちの場合のように、一族に優位に事を運ぶための政治的策略として、代々独占的に親から子に直接譲り渡していくという方法で行われたのではなかった。一族にとってなじみのある思い出深い建物が偶然空いていたので、過去の縁によって再び用いていくという描かれ方が為されている。そこには、主人公光源氏を、歴史上の権力者とは一線を画する理想的な政治家として造型しようとしたことが関わってくるのではないか。

例えば、光源氏については以下のようなことが記されている。澪標《みおつくしのまき》巻で、冷泉帝の御代になって政界に返り咲いた光源氏は、摂政《せっしょう》の位につくよう命じられるが「さやうの事しげき職《そく》にはたへずなむ」（そのような大変な重職には耐えられない）と、親しくしていた致仕大臣《ちじのだいじん》（かつての左大臣《さだいじん》、光源氏の最初の妻葵《あおい》の上《うえ》の父）に摂政の位を譲り、己の権力のみをひたすら望むわけではなく、謙虚な姿勢を見せていた。

また、梅枝巻《うめがえのまき》では、光源氏が明石の姫君を入内させるという噂を聞いて、貴族たちが自身の娘を入内させることを思い止まってしまう。対して光源氏は、「宮仕の筋は、あまたある中に、すこしのけぢめをいどまむこそ本意《ほい》ならめ。そこらの警策《きやうざく》の姫君たち引き籠《こ》められなば、世に栄《はえ》あらじ」――宮仕えというものは本来多数のキサキが凌ぎをけずって挑み合うべき場なのであり、優れた姫君たちが入内しなくなってしまったらおもしろくないことだ、と語り、明石の姫君の入内を延期してまで、他の姫君の後宮入りを推奨している。結果、左大臣家の三の君（麗景殿《れいけいでん》、後の藤壺女御《ふじつぼのにょうご》）が最初に入内することになったのである。ただ一人の東宮妃として我が娘のみが時めくようなことを、源氏が決して望んでいたわけではなかったことが分かる箇所である。

光源氏は、史上の摂関時代の権力者とはまったく異なる、自家の利を後回しにして公平な政治を行う人物として造型されている。主人公一族が宮中で桐壺を使用したことについて、歴史上の藤原兼家・道隆・原子三代に亘る桐壺使用から影響を受けつつも、源氏が政治的野心にまみれていたと見なされないよう、その理想性を保つために、直接的な一族の間の譲り渡しではなく、かつて一族に使用されたゆかりのある殿舎を中断期間を経て政治的意図とは無関係に過去を思い出すかのように再使用していく、といった風に描き、細かい変更を加えていたのである。

なお、光源氏一族のような殿舎の継承方法は、史実でも他の物語作品でも見受けられる。史上において、東宮居貞親王（三条天皇）に入内した藤原娍子は、村上《むらかみ》天皇の女御で宣耀殿を使用した父方伯母の芳子《ほうし》にならって、当初宣耀殿に入ったのだという（『栄花物語』みはてぬゆめ巻）。また、後一条《ごいちじょう》天皇皇女の章子《しょうし》内親王も、成人して東宮親仁《ちかひと》親王（後冷泉《ごれいぜい》天皇）に入内した際、以前に母中宮威子《いし》とともに自分が暮らしていた藤壺《ふじつぼ》を使用した（同暮まつほし巻）。虚構の物語では、『狭衣物語《さごろもものがたり》』の嵯峨院《さがいん》皇女、女一《おんないち》の宮《みや》が、後一条帝《ごいちじょうてい》に入内した際、やはり母大宮《おおみや》とともにかつて住んでいた弘徽殿を再使用している（巻三）。どれも血縁者から直接譲られた例ではなく、一族になじみのある殿舎を政治的意図というよりも過去の縁で用いた例かと思われる。

## 『狭衣物語』鍾愛される皇子の住まい

『狭衣物語』では、桐壺は主人公狭衣の皇子、兵部《ひょうぶ》卿宮《きょうのみや》によって使用されている。この兵部卿宮は、前章「弘徽殿と常寧殿」の節で触れた狭衣と女二《おんなに》の宮《みや》の一夜の契りによって生まれたのであるが、醜聞を恐れた女二の宮の母大宮の一計によって、嵯峨帝と大宮の子、女二の宮の弟として偽装されて養育される。生まれて間もなく大宮は亡くなり、実母の女二の宮も出家、また嵯峨帝（嵯峨院）も譲位後に出家することとなった。皇子の出生の秘密を知らない嵯峨院は、その身の上を案じて狭衣に養子縁組を依頼し、数奇な運命のもとに、皇子は実の父に養子として引き取られることになったのである。狭衣が皇位継承した後は、兵部卿宮に任じられた。

兵部卿宮、月日の過ぐるままに、上の御容貌《かたち》・ありさまに違《たが》ひきこえさせたまふ所なう、めでたうおはすれば、東宮に参らせんとおぼいつる人々の御女《むすめ》どもも、かかる御容貌を、よそにはいかが見たてまつらんと思しなりつつ、内にもほのめかしたまふ親王達《みこたち》・上達部《かんだちめ》、あまた物したまふ……桐壺を、女宮の御しつらひなどのやうに、めでたく清らにせさせたまひて、女房などのかたち勝《すぐ》れたる限り、あまた候《さぶら》はせたまひてぞ、おはしまさせたまひける。（巻四）

〈兵部卿宮は、月日がたつにつれて、帝〈狭衣帝〉の御容貌や御様子と寸分違うところもなくそっくりですばらしくいらっしゃるので、東宮に入内させようとお思いになっている方々の御息女たちについても、このような美貌の兵部卿宮をどうして他人として見申し上げようかとお思いになりながら、宮を婿にしたいと帝にもほのめかしなさる親王・上達部が、多くいらっしゃる……帝は、桐壺を、内親王のお住まいの部屋のようにすばらしく美しく飾り立てさせなさって、女房などの容貌が優れたものだけを、多くお仕えさせなさって、兵部卿宮をお住まわせになっていらっしゃる。)

狭衣帝は、自分と愛する女二の宮の子であるこの宮を殊のほか可愛がり、宮中の桐壺に住まわせている。娘を持つ親王・公卿たちは、こぞって東宮——狭衣帝の御代では、嵯峨院の第一皇子(表向きは兵部卿宮の異母兄にあたる)が東宮だった——よりも狭衣と瓜二つの優れた皇子である兵部卿宮に娘を縁付けたいと願ったのだという。

前途洋々に見える兵部卿宮であるが、その一方で、世間では、次期東宮について、「まことの当代の今上一の宮をば、え押しきこえたまはじ」(同)——当初は嵯峨院皇子で狭衣の養子であった兵部卿宮が有力であったが、いくら何でも、狭衣の実の第一皇子の若宮《わかみや》(母は式部《しきぶ》卿《きょうの》宮《みや》の姫君《ひめぎみ》)を押しのけることはできまい、との噂も立った。これを聞いた狭衣は、兵部卿宮こそが狭衣の実の第一皇子であること、自分がこの宮を他の子より愛しく思うことを世の人々が知らぬことを心苦しく思い、将来必ず彼を皇位につけようと決意している。さて、このような兵部卿宮の描き方は、同じく桐壺を住まいとしていた『源氏物語』光源氏を想起させる。

一の皇子《みこ》は、右大臣の女御の御腹にて、寄せ重く、疑ひなきまうけの君と、世にもてかしづききこゆれど、この御にほひには並びたまふべくもあらざりければ、おほかたのやむごとなき御思ひにて、この君をば、私物《わたくしもの》に思ほしかしづきたまふこと限りなし。

（桐壺巻）

（第一皇子は、右大臣《うだいじん》の娘の女御〈弘徽殿女御〉のお生みになった方で、後見もしっかりしていて、間違いなく東宮となられる方として、世間でも大切にお扱い申し上げるけれども、この第二皇子〈光源氏〉のお美しさには並び申しあげようもなかったので、帝は第一皇子の方は一通り大切に思し召されるだけで、この第二皇子の方

図54　兵部卿宮と光源氏

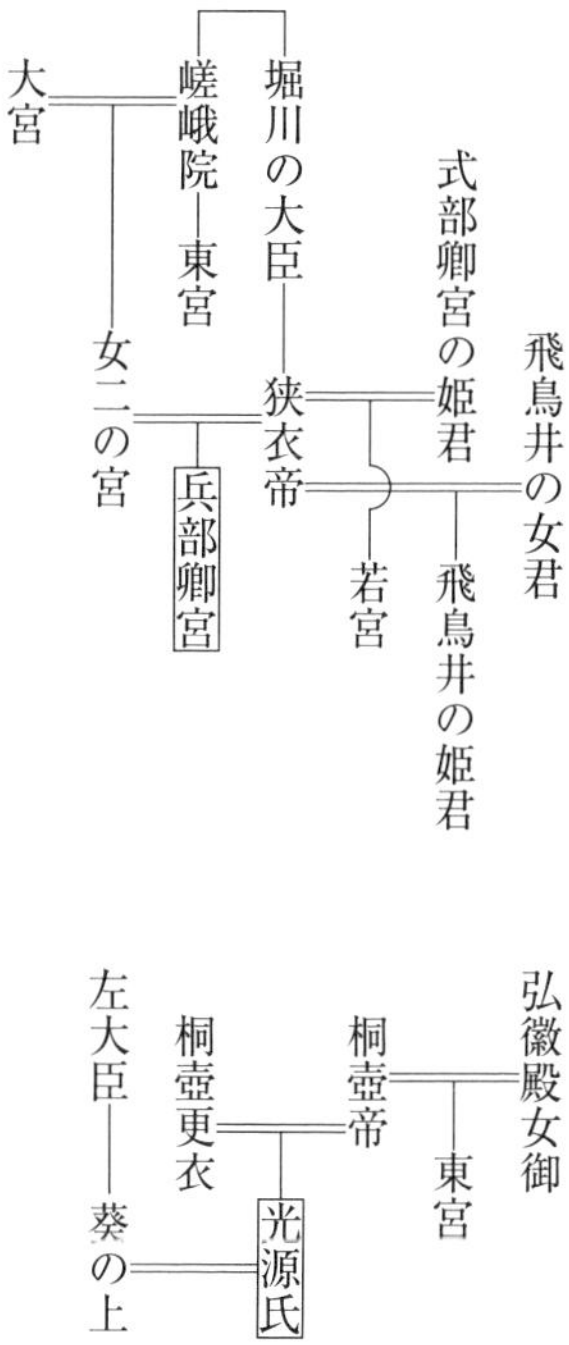

を、秘蔵っ子として寵愛なさることはこの上ない。）

桐壺帝の第二皇子は、弘徽殿女御《こきでんのにょうご》（弘徽殿大后）腹の第一皇子（後の朱雀帝）とは比較にならないほど美しく、世間では第一皇子を東宮候補として重んじたが、父帝個人の寵愛は第二皇子の方に注がれた。帝は、第二皇子の立太子を内心望んでいたが、母方の後見の弱さから、結局断念することになる。とはいえ、類まれな美貌と学才を兼ね備えた光源氏（第二皇子）に魅入られた左大臣は、東宮となった第一皇子からの入内の要請を拒否して娘の葵の上を光源氏と結婚させるのである。この一件で光源氏は長く東宮方から恨まれることになる。

光源氏については、桐壺に住んでいたところだけではなく、父帝鍾愛の皇子で、東宮以上の理想的な美質を持つとされるところ、有力貴族から東宮以上に縁組みを望まれたことところなども『狭衣物語』兵部卿宮とよく似ている。あるいは、光源氏が異母兄の東宮と対立したのと同様、兵部卿宮も東宮や若宮と敵対することになるのではないか、そして最終的に皇位継承が断念されるのではないか、との憶測を読者はしたくなる。しかし結局、『狭衣物語』は、それほど兵部卿宮に焦点を合わせることのないまま終わってしまうのである。人並外れた優れた皇子であるが、帝の養子という疵《きず》を持つという設定は、その後に生かされることはなく、東宮や若宮との皇位継承争いに発展することはない。『源氏物語』との類似は、それほど深い意味を持つものではなく、桐壺住みについても、単に帝の鍾愛の皇子の居所という点で光源氏を表面的になぞっただけのように思われる。

## 飛香舎（藤壺）――ヒロインの住まい

### 皇后の居所への変貌

藤壺《ふじつぼ》（飛香舎《ひぎょうしゃ》）は、前に述べたように、内裏《だいり》創建当初は存在せず、後宮七殿五舎の中では建造された時期が遅かったのだという。庭に藤の木が植えられていたことからその名で呼ばれるようになった建物である。そこでは、藤花を観賞する宴（藤花宴《とうかのえん》）がしばしば催された。ちなみに、江戸時代に平安京内裏を模して建造された京都御所《きょうとごしょ》には、後宮殿舎の中で唯一この藤壺のみが復元されている。

平安京内裏において、藤壺は西側――清涼殿《せいりょうでん》・後涼殿《こうりょうでん》と梅壺《うめつぼ》に挟まれたところにある。帝の居所清涼殿からは弘徽殿《こきでん》とともに最も近かった場所であったが、「殿」より狭く格下の「舎」であったせいか、当初は天皇の高位のキサキに使用されることはほとんどなかった。

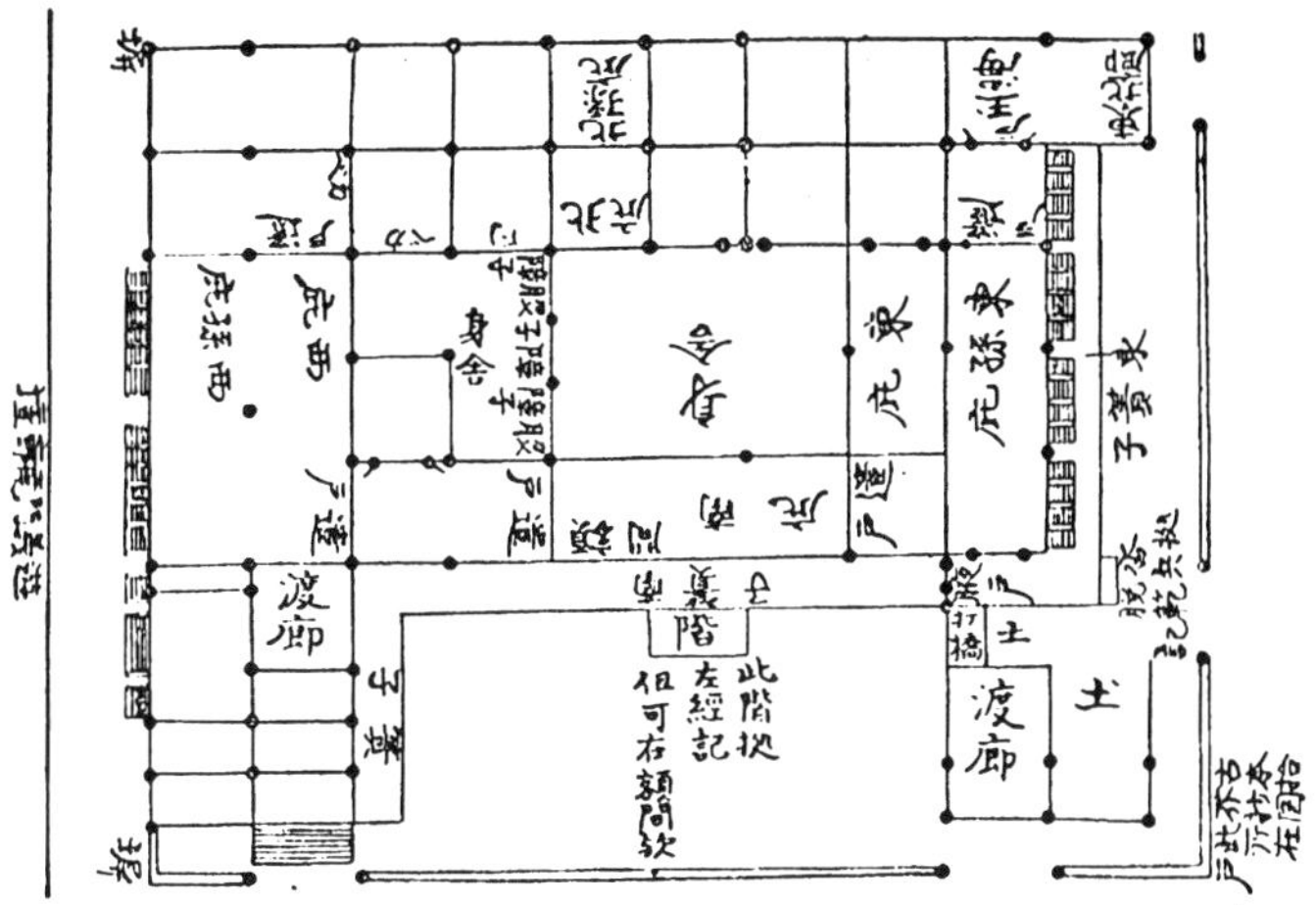

図55　藤壺図（『大内裏図考証』）

表7は一条《いちじょう》朝以前の主な藤壺の居住者たちを示したものだが、臣下の権力者、女官（御匣殿《みくしげどの》・尚侍《ないしのかみ》）、内親王の例を除くと、キサキの使用例はそれほど多くない。『源氏物語』が成立した一条朝より前となると、醍醐《だいご》朝の後宮の素性不明の「藤壺《ふじつぼの》女御《にょうご》」——歌合《うたあわせ》を開催していることが『拾遺和歌集《しゅういわかしゅう》』などから確認できる——、村上《むらかみ》朝の後宮の皇后安子《あんし》と女御芳子《ほうし》くらいである。弘徽殿・承香殿《じょうきょうでん》・麗景殿《れいけいでん》などに比較するとキサキの使用頻度があまり高くなかったこと、皇后（中宮）などの高位のキサキの使用はほとんどなかったことがうかがえるだろう。しかし、一条天皇の御代に至って、時の執政藤原道長《みちなが》の娘、彰子《しょうし》が後宮入りした際、一条天皇の他のキサキ

図56　京都御所　藤壺の南簀子

図57　京都御所　藤壺の藤（宮内庁京都事務所提供）

によって弘徽殿・承香殿などの清涼殿から近い格上の殿舎は埋まってしまっていたため、彰子は藤壺に入ったのである。彰子の入内当初の様子を、『栄花物語《えいがものがたり》』は次のように描く。

　この御方藤壺におはしますに、御しつらひも、玉もすこし磨《みが》きたるは光のどかなるやうもあり、これは照り輝きて、女房も少々の人は御前《おまへ》の方に参り仕うまつるべきやう

表7　藤壺の居住者（〜一条朝）

| 天皇 | 藤壺居住者 | 出典 | 備考 |
|---|---|---|---|
| 宇多〜醍醐朝 | 藤原淑子（尚侍） | 兼・五八番歌 | |
| 醍醐朝 | 藤原満子（尚侍）<br>→藤壺女御 | 醍・延喜13・正・14等<br>夫・四二三四番歌、拾・六一番歌等 | |
| 朱雀朝 | 藤原忠平（摂政）・貴子（御匣殿→尚侍）<br>→藤原安子（成明親王室→東宮妃） | 貞・天慶2・3・9等<br>紀・天慶3・4・19等 | 忠平と貴子は親子。<br>安子は藤壺で立坊前の成明と結婚。夫が東宮となった後も藤壺を使用した。 |
| 村上朝 | 藤原安子（女御→中宮）<br>→藤原芳子（女御） | 紀・天暦3・3・22等<br>村・康保元・12・17 | 芳子は初め宣耀殿に住んだが、安子が弘徽殿に移ったため、空いた藤壺に入った。 |
| 円融朝 | 資子内親王 | 親・天延元・6・16等 | 資子は円融の同母姉。 |
| 花山朝 | 宗子内親王 | 小・寛和元・正・5 | 宗子は花山の同母姉。 |
| 一条朝 | 藤原彰子（中宮） | 小・寛弘2・2・20等 | |

※出典は以下の通り。兼＝『兼輔集』、夫＝『夫木和歌抄』、拾＝『拾遺和歌集』、醍＝『醍醐天皇御記』、貞＝『貞信公記』、村＝『村上天皇御記』、紀＝『日本紀略』、親＝『親信卿記』、権＝『権記』、小＝『小右記』

も見えず、いといみじうあさましうさまことなるまでしつらはせたまへり。御几帳《きちやう》、御屏風《びやうぶ》の襲《おそひ》まで、みな蒔絵《まきゑ》、螺鈿《らでん》をせさせたまへり。女房の同じき大海《おほうみ》の摺裳《すりも》、織物の唐衣《からぎぬ》など、昔より今に同じやうなれども、これはいかにしたるぞとまで見えける。女御のはかなく奉りたる御衣《ぞ》の色、薫《かをり》などぞ、世にめでたき例《ためし》にしつべき御事なり。

（かかやく藤壺巻）

（この女御〈彰子〉は藤壺にいらっしゃるが、お部屋の飾りも、例えば宝石でも少し磨いただけでは光は弱いだろうが、この御殿は照り輝いて、女房も並大抵の者では御前にお仕えできそうにも見えず、ただただ驚き入るほかないまで見事な御装いであった。御几帳や御屏風の縁木まで、全て蒔絵や螺鈿を施していらっしゃる。女房の誰もが着用している大海の模様を摺り出した裳や織物の唐衣など、昔から今に至るまで似たようなものだが、今回の衣装はいったいどのようにしてこうもすばらしく仕立てたのかとまで思われた。女御のさりげなくお召しになっている御衣装の色や香の薫りなど、世間ですばらしい例としてもてはやされるにちがいない御様子である。）

ただし、彰子が入内時に暮らしていたのは里内裏《さとだいり》、一条院の東北対であり――長保《ちようほう》元年（九九九）の六月、火災により内裏は焼亡していた――彰子が新造の内裏に入り実際に藤壺を使用し始めるのは入内翌年のことである。『栄花物語』の藤壺の描写は、彰子が新造内裏に移った後の様子なのかもしれない。彰子が贅を尽くして美しく飾り立てて暮らした藤壺は「かかやく藤壺」と呼ばれ後々までの語り草になったとされ、『栄花物語』の巻名にも用いられている。これを機に、従来格下であったものの、実は弘徽殿・承香殿などと同様に清涼殿から近い藤壺の利点が見直されたようで、以後には彰子の妹たち（三条《さんじょう》天皇中宮妍子《けんし》・後一条《ごいちじょう》天皇中宮威子《いし》）も姉にならって藤壺を使用していく。十二世紀の貴族、九条兼実《くじょうかねざね》の日記『玉葉《ぎょくよう》』には「藤壺は代々妻后の居所なり。弘徽殿は世々母后の御所なり」（安元三年六月二十一日条）とあり、この頃には藤壺に妻の后（中宮や皇后）の住まいとのイメージが定着していたことがうかがえるのである（増田繁夫「弘徽殿と藤壺」・日向一雅「内裏・後宮の生活空間」）。

さて、一条朝以前の藤壺には有力なキサキはほとんど入らなかったと述べたが、唯一の例外は村上天皇の皇后にして冷泉《れいぜい》・円融《えんゆう》天皇の母、藤原安子である。安子は夫の親王時代に結婚し、夫の立坊・即位後も長きにわたり、藤壺を使用し続けた。安子が当初藤壺を使用したのは、即位前の夫の住まい、梅壺に最も近く、都合も良かったからであろう。夫が即位して梅壺から清涼殿に移った後も、住み慣れた藤壺が離れがたかったのか、安子は基本的には――後述するように、村上即位直後に一時的に梨壺を使用することがあったが、すぐに藤壺に戻っている――藤壺で暮らしていた。ただし、この当時藤壺は皇后の居所にふさわしくないと考えられたのか、安子は天徳《てんとく》二年(九五八)に立后してから三年後、応和《おうわ》元年(九六一)、内裏が建て替えられたことを機に弘徽殿に住まいを変更している。

最終的に弘徽殿に移ったとはいえ、安子は入内してから約二十年間の長期間藤壺で暮らし、その間に息子の立太子と立后を果たしたのであるから、藤壺は格の低さにも関わらず栄華を極めた安子の住まいになった場所として印象深いものであっただろう。この安子と藤壺の強い結びつきが、虚構の物語『うつほ物語』や『源氏物語』の藤壺の設定に大きく関わっていくことになるのである。

## 『うつほ物語』のあて宮

『うつほ物語』では、源正頼《まさより》の娘で絶世の美女であったあて宮がヒロインとして登場する。彼女は男主人公の琴《きん》の琴《こと》(七絃琴《しちげんきん》とも呼ばれる絃楽器)の名手、藤原仲忠《なかただ》と相思相愛になるのだが、最終的に東宮(新帝《しんてい》)に入内し、三人の皇子を生む。その内の第一皇子が次の東宮に立てられ、夫の寵愛も東宮母としての権勢も獲得して時めいた。なお、仲忠とあて宮は夫婦となることは叶わなかったが、精神的に強く結ばれており、仲忠は同じ藤原一族の梨壺《なしつぼ》腹皇子(仲忠の甥《おい》)よりも源氏一族のあて宮腹皇子の立太子を応援し、かつての想い人あて宮を支え続けるのである。

このあて宮の入内後の住まいが藤壺であるが、夫東宮は梅壺で暮らしていたから、そこに隣接する藤壺は、東宮妃の住まいとしては大変条件の良い場所であった。あて宮への寵愛に加え、藤壺が梅壺から行き来しやすい場所ということもあり、東宮の藤壺への渡御はひっきりなしだったという。東宮にはあて宮以前に嵯峨院《さがいん》皇女の小宮《こみや》をはじめとして高貴なキサキたちが何人も入内していたから、その女性たちに使用されることなく、後から入内したあて宮のために都合よく藤壺が取り置かれていることには疑問が残る。虚構的ではあるが、東宮の寵妃の居所にふさわしい場所ということで、梅壺に最も近い藤壺があて宮の住まいとして設定されたのであろう。

その一方で、史上の村上天皇皇后藤原安子があて宮のモデルになっていることも考えられる。『うつほ物語』後半で起こる源氏のあて宮腹第一皇子と藤原氏の梨壺腹第三皇子の

図58　あて宮と藤原安子

立坊争いは、史上の冷泉朝における村上天皇皇子の為平《ためひら》親王と守平《もりひら》親王(円融天皇)の兄弟の立坊争いをもとに描かれたと考えられている。両皇子の外戚は藤原氏であったが、為平親王は源高明《たかあきら》の婿になっていたため、源氏一族の支持を受け、藤原氏の擁立する守平親王と対立する。そして、最終的に弟の守平が勝利して東宮位につくのである。この為平・守平二人の母が他ならぬ安子であったことからすると、『うつほ物語』で立坊争いを繰り広げる第一皇子の母あて宮が安子と重ね合わされている可能性が高い。安子もあて宮も、東宮妃時代から東宮御所の梅壺に近い藤壺を使用し続けており、夫が即位した後も藤壺にとどまっている。息子が立坊し、東宮の母として力を握ったキサキであるところも類似するのである。

『うつほ物語』は、あて宮というヒロインを造型するにあたって、東宮が彼女を寵愛するという物語の筋にそって、あるいは実在の村上朝後宮で華やぐキサキ安子と重ね合わせて、藤壺をその住まいとしたのであった。

## 『源氏物語』の藤壺の宮

『源氏物語』でも主人公の想い人で理想の女人である藤壺《ふじつぼ》の宮——準ヒロインとも言える重要人物が藤壺で暮らしている。藤壺の宮は先帝《せんだい》の后腹の高貴な内親王であり、桐壺更衣《きりつぼのこうい》と生き写しの美貌の持ち主でもあった。故桐壺更衣のことを忘れられない桐壺帝《きりつぼてい》に求められ、入内することになったのである。桐壺帝は彼女を寵愛し、桐壺更衣のことを完全に忘れるというわけではないけれども、更衣亡き後の悲しみも自然と慰められていったのだという。彼女の暮らす藤壺を、桐壺帝は幼い光源氏を連れて頻繁に訪れた。そうして顔を合わせている内に、光源氏は藤壺の宮を母代わりとして慕うようになる。

源氏の君は、御あたり去りたまはぬを、ましてしげく渡らせたまふ御方はえ恥ぢあへたまはず、いづれの御方も、我人に劣らむと思《おぼ》いたるやはある、とりどりにいとめでたけれど、うちおとなびたまへるに、いと若ううつくしげにて、切《せち》に隠れたまへど、おのづから漏り見たてまつる。母御息所《みやすどころ》も、影だにおぼえたまはぬを、「いとよう似たまへり」と典侍《ないしのすけ》の聞こえけるを、若き御心地にいとあはれと思ひきこえたまひて、常に参らまほしく、なづさひ見たてまつらばやとおぼえたまふ。……世にたぐひなしと見たてまつりたまひ、名高うおはする宮の御容貌《かたち》にも、なほにほはしさはたとへむ方なく、うつくしげなるを、世の人光る君と聞こゆ。藤壺ならびたまひて、御おぼえもとりどりなれば、かかやく日の宮と聞こゆ。（桐壺巻）

〈源氏の君〈光源氏〉は、父帝のお側をお離れにならないので、帝がしばしばお渡りになる女御・更衣方は、普通の場合よりもまして君に恥ずかしがってばかりはいらっしゃれず、どの御方も、ご自分が人より劣っていると思っておられる方があろうか、それぞれにたいそう美しかったけれども、少しお年を召していらっしゃるのに対して、藤壺の宮はとても若く可愛らしい様子で、懸命にお隠れなさるが、源氏の君は自然とお姿をちらりとお見かけ申し上げる。母御息所〈桐壺更衣〉のことは、面影すら覚えていらっしゃらないが、「とてもよく似ていらっしゃいます」と〈昔から宮仕えしている女官の〉典侍が申し上げたのを、幼心に本当に慕わしくお思い申し上げられて、いつもお側に参上したい、親しくお近づきしてお姿を拝見したいと思われなさる。……弘徽殿女御《こきでんのにょうご》がこの世にかけがえのない方と拝見なさり、世間の評判も高くていらっしゃる東宮のお顔立ちに比較しても、やはり源氏の君のつややかな美しさは例えようもなく、いかにも愛らしいのを、世の人々は光る君と申し上げる。藤壺の宮はこの君に並びなさって、帝の御寵愛もそれぞれに厚いので、輝く日の宮と申し上げる。）

この後、いつしか、藤壺の宮への想いは恋心へと変化していき、成人した光源氏は女房の手引きによって想いを遂げるのだが、その結果宮は妊娠し、皇子（冷泉帝《れいぜいてい》）を出産する。何も知らぬ桐壺帝は、この子を我が子として可愛がった。藤壺の宮への寵愛もいっそう深まり、宮は中宮に立てられ、所生の皇子も立坊、後に冷泉帝として即位することになる。

さて、このように高貴な出自で中宮の地位にまで上った有力なキサキの藤壺の宮の住まいが格下の藤壺とされたことは解せないところだが、その理由として、まずこの宮が桐壺帝後宮で最後に入内したため、他の主要な後宮殿舎——弘徽殿・承香殿・麗景殿が埋まっていた、ということが挙げられよう（増田繁夫「弘徽殿と藤壺」）。さらに、史上の村上後宮で筆頭のキサキ——皇后かつ東宮の母であった藤原安子の居所としての華やかなイメージや先行の『うつほ物語』のヒロインの居所としてのイメージが影響を及ぼしていることが考えられる（植田恭代『源氏物語の宮廷文化』・栗本賀世子『平安朝物語の後宮空間』）。特に『うつほ物語』のヒロインであったあて宮は、藤壺という居所以外にも藤壺の宮と多くの共通点が見られる。

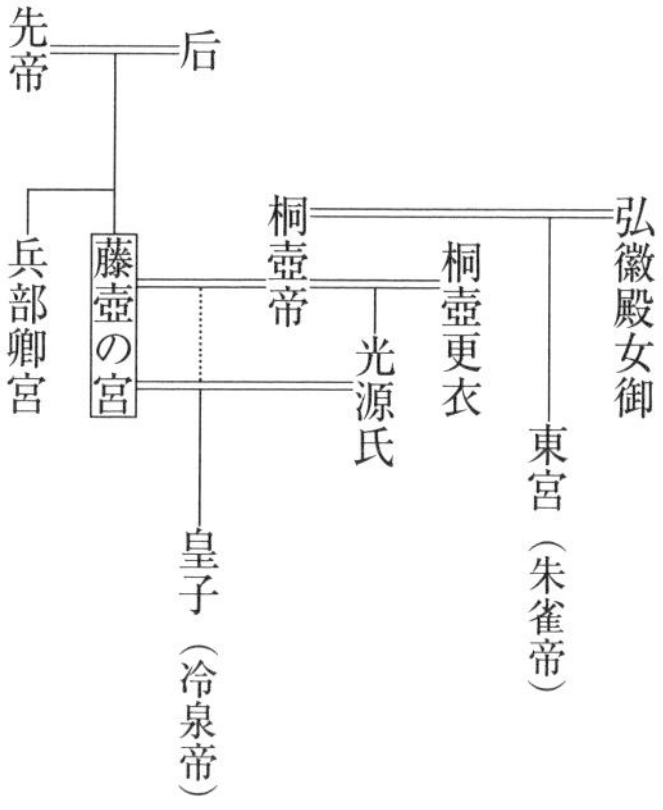

図59　藤壺の宮

第一に、両者ともに皇統の血を引く一族出身（皇族・源氏）であり、夫帝の寵愛だけではなく後に東宮母（天皇母）としての権威も獲得していた。第二に、キサキでありながら臣下の男性との恋愛が語られる点も見逃すことはできないだろう。あて宮は仲忠と、藤壺の宮は光源氏と、物語の男主人公とのロマンスが描かれる。そして所生の皇子が立坊や即位を果たした後、彼女達はかつての恋人（想い人）の政治的協力を得て、ともに我が子を守り立てていく

図60　藤壺の宮との再度の逢瀬の機会をうかがう光源氏（伝土佐光則筆『源氏物語画帖』賢木巻，根津美術館蔵）

のである。

　ただし、あて宮と藤壺の宮との間には密通の有無という大きな違いも存在する。『うつほ物語』では仲忠とあて宮は理性的に振る舞い、決して一線を超えることはないのであるが、『源氏物語』では、その関係を一歩推し進めて見せた。『源氏物語』作者は、光源氏に積極的な行動をとらせて、父帝の妻である藤壺の宮との決して許されない恋を成就させた。だが、密通が世間に表沙汰になることはなく、皮肉にも不義の子である冷泉帝の即位によって、光源氏は帝の後見役、権力者として、藤壺の宮は母后として隆盛を極めることとなる。その上で、犯した罪の重さに苦しむ彼らを、物語はあえて描写したのである。単純に表向きの栄華だけを描くのでなく、裏に隠された登場人物たちの心奥に潜む深い闇を主題としたことが、『源氏物語』の一つの達成といえよう。藤壺は、中宮という尊貴の身でありながら、光源氏との密通という罪を犯し、秘密を隠し通すことに常に思い悩んでいた。その点、やましい所など何一つない清廉潔白な身であるあて宮と異なり、華やかさの影に大きな苦悩を課されている分だけ、より人間的に深みを持って造型されているのである。

　なお、藤壺の宮については、『源氏物語』と同時代に藤壺に居住した一条天皇中宮彰子をモデルにして居所が設定されたとの説もある（斎藤正昭『源氏物語の誕生』）。実際、「皇后の居所への変貌」の項で触れたように、『栄花物語』は彰子の住まいが「かかやく藤壺」と称されたことを記していて、これは『源氏物語』で藤壺の宮の美貌が「かかやく日の宮」と讃えられたのと類似する表現であり、『源氏物語』が彰子からヒントを得て物語を描いた証拠とも考えられる。ただ、『源氏物語』が書き始められた時期と彰子に藤壺のイメージが定着した時期の前後関係が不明であり、また彰子を密通するキサキの藤壺の宮と重ね合わせるような物語を紫式部の主家の人々――彰子やその父道長が認めるだろうかという疑問も生じるせいか、彰子モデル説については否定的な見解もある(植田恭代『源氏物語の宮廷文化』)。『栄花物語』の「かかやく藤壺」にしても、『源氏物語』より後に成立した『栄花物語』の方が、彰子の部屋の豪華さを描く際に『源氏物語』から影響を受けてその表現を借りたと受け止められているようである。

## 『源氏物語』二人の藤壺女御

『源氏物語』にはその他にも藤壺の名で呼ばれるキサキが登場する。一人は、朱雀帝《すざくてい》の藤壺女御《ふじつぼのにょうご》、もう一人は今上帝《きんじょうてい》の藤壺女御である。ちなみに、冷泉帝の後宮には藤壺の居住者が見られないが、これはおそらく冷泉帝の母后であった藤壺の宮がかつての住まい藤壺を参内時に使用していたからであろう。

朱雀帝の藤壺女御は、『源氏物語』の第二部で光源氏と結婚する女三《おんなさん》の宮《みや》の母である。先帝の更衣腹の皇女で、藤壺の宮の異母妹にあたる。臣籍に下り源氏の姓を賜った後、東宮時代の朱雀帝に入内したが、はかばかしい後見がおらず、後宮では弘徽殿大后《こきでんのおおきさき》に後見された朧月夜《おぼろづきよ》の君に圧倒され、不遇のまま女三の宮を残して亡くなった。朱雀院（朱雀帝）は母を失った女三の宮を憐れみ他のどの子よりも可愛がったという。そして、自身が出家の際には、他に頼るべき親戚もおらず将来が危ぶまれるこの宮を光源氏に託すことを思いつくのである。

朱雀帝の藤壺女御については、光源氏と女三の宮の縁組が持ち上がった際に、藤壺の宮の異母姉妹であることが強調されていることに注目したい。朱雀院側から女三の宮との結婚を打診され、光源氏は次のように答える。

「……ただ内裏《うち》にこそ奉りたまはめ。やむごとなきまづの人々おはすといふことは、よしなきことなり。それにさはるべきことにもあらず。かならず、さりとて、末の人おろかなるやうもなし。故院の御時に、大后の、坊のはじめの女御にていきまきたまひしかど、むげの末に参りたまへりし入道の宮に、しばしは圧《お》されたまひにきかし。この皇女《みこ》の御母女御こそは、かの宮の御はらからに

図61　朱雀帝の藤壺女御

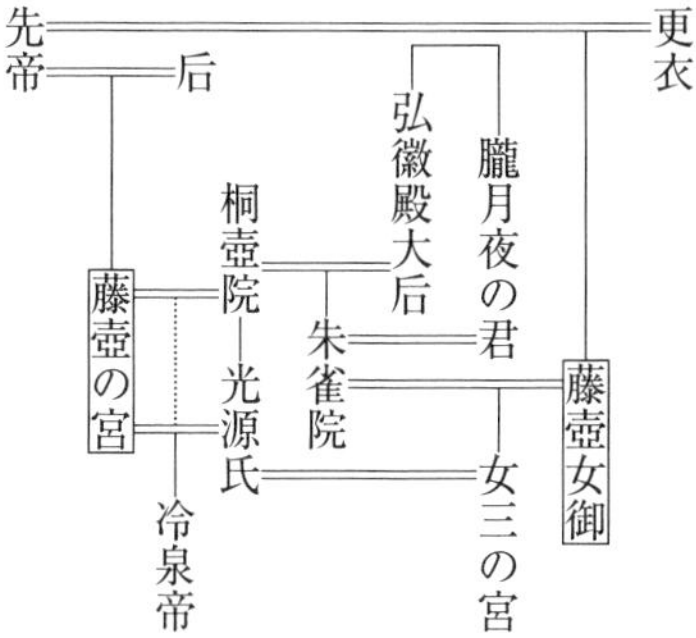

ものしたまひけめ、容貌《かたち》も、さしつぎには、いとよしと言はれたまひし人なりしかば、いづ方につけても、この姫宮おしなべての際《きは》にはよもおはせじを」など、いぶかしくは思ひきこえたまふべし。（若菜上巻）

（「ただ帝〈冷泉帝〉に差し上げなさるのがよいだろう。高貴な古参の后妃たちがいらっしゃることは些細なことだ。それによって差し障りがあるということでもない。先に入内している方がいるからといって必ず最後に入内する人が粗略に扱われるわけでもない。故院〈桐壺院〉の御代に、大后〈弘徽殿大后〉が東宮時代からお仕えする最初に入内した女御ということで権勢を振るわれていたけれども、最後の最後に入内なさった入道の宮〈藤壺の宮〉にしばらくは圧倒されてしまわれたのだよ。この皇女〈女三の宮〉の御母女御〈藤壺女御〉こそは、あの宮〈藤壺の宮〉の御妹君でいらっしゃったはず、ご器量も姉宮に次いでまことに優れていらっしゃるとご評判の方だったので、父方母方どちらにつけても、この姫宮〈女三の宮〉は普通のご器量ではよもやいらっしゃるまいが」など、光源氏は女三の宮にお心を動かしていらっしゃるようだ。）

冷泉帝こそが身分といい若さといい自分より女三の宮の相手にふさわしい、他のキサキたちのことなど気にせずに内裏に入内させるのが良いだろう、桐壺帝の御代の末に入内した藤壺の宮が時めいた例もあるのだし、と、初めは冷泉帝への入内を勧めつつ、話題はい

図62　藤壺の藤花の宴（承応三年『絵入源氏物語』宿木巻，東京大学蔵）

つしか、光源氏の初恋の女性、藤壺の宮のことへとそれていく。そして、その文脈の中で、女三の宮の母女御が藤壺の宮の異母妹であることが思い出される。ここで注意しておくべきは、女三の宮母と藤壺の宮の藤壺という共通の居所が、より両者の血のつながりを認識させ、藤壺女御（と娘の女三の宮）が藤壺の宮によく似た高貴で美しい女性であるとイメージさせるところにあろう。そのことが、「〔光源氏は女三の宮を〕いぶかしくは思ひきこえたまふべし」とあるように、藤壺の宮ゆかりの女性である女三の宮への光源氏の関心を引き起こし、後に彼女との結婚を承諾する理由の一つとして働くことになるのである。光源氏と女三の宮を結婚させるために、藤壺女御の居所設定が為されたといっても過言で

図63　今上帝の藤壺女御

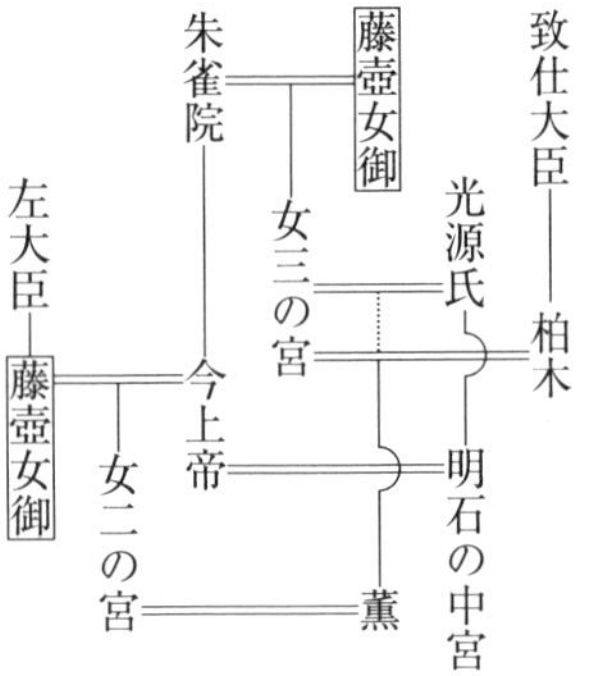


はないだろう。

一方、今上帝の藤壺女御の方は、その住まいはなぜ藤壺に設定されたのだろうか。彼女は、左大臣《さだいじん》の娘で、『源氏物語』第一部では光源氏の娘である明石《あかし》の姫君《ひめぎみ》（後の明石《あかし》の中宮《ちゅうぐう》）の競争相手として東宮（今上帝）に最初に入内していた。夫帝との間に女二《おんなに》の宮《みや》を儲けるが、父大臣を亡くして明石の中宮に圧倒され、娘を残し早世してしまう。今上帝は忘れ形見の女二の宮を愛育し、物語第三部の主人公で容貌人柄ともに優れた高貴な貴公子の薫《かおる》——女三の宮と柏木《かしわぎ》（致仕大臣《ちじのだいじん》〈頭中将《とうのちゅうじょう》〉の長男）の不義密通によって生まれたが、表向きは光源氏の子とされた——と結婚させるのである。女二の宮とその母の境遇が、かつての女三の宮と母女御のそれに酷似している点には注意しておきたい。なお、女御の死後は女二の宮が藤壺を使用しており、宿木巻《やどりぎのまき》では、女二の宮が薫の邸に移る際、その居所藤壺で盛大な藤花の宴が催されている（図62参照）。

この今上帝の藤壺女御の場合は、朱雀帝の藤壺女御ほど話は単純ではない。というのは、前章「麗景殿」の節で触れたように、彼女は東宮妃時代に麗景殿に入っていたはずだから

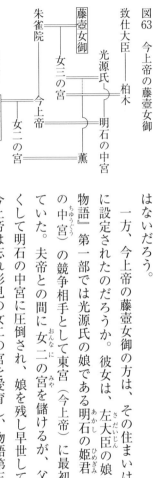

である。住まいの建物の不一致をどう考えたらよいのだろうか。

## 東宮妃時代からの居所変更

結論から言えば、麗景殿から藤壺への住まいの変更は、作者の記憶違いによるものではない。平安時代、東宮は即位すると東宮御所（梨壺や梅壺が多い）から清涼殿に移るのだが、それに伴い、東宮妃も住まいを変えることが一般的だったのである。表8は、東宮妃時代および夫即位後の女御・皇后（中宮）時代の居所が判明しているキサキを掲げたものだが、これによれば、多くの場合、東宮妃時代の居所を夫即位後に変更していることが分かるだろう。東宮御所近辺の殿舎——梅壺に近い弘徽殿や藤壺、梨壺に近い宣耀殿《せんようでん》や麗景殿など——からより清涼殿に近い殿舎に移るのである。ちなみに、やや特殊な事例、成明《なりあきら》親王（村上天皇）妃安子と敦良《あつなが》親王

表8　東宮妃の居所（〜後三条朝）

| 天皇 | 東宮とその居所 | 東宮妃 | 東宮妃時代の居所 | 夫即位後の居所 |
|---|---|---|---|---|
| 朱雀朝 | 成明親王（梅壺） | 藤原安子 | 藤壺 | 梨壺→藤壺→弘徽殿 |
| 一条朝 | 居貞親王（梨壺） | 藤原娍子 | 宣耀殿 | 承香殿 |
| 後一条朝 | 敦良親王（梅壺→承香殿→梨壺） | 禎子内親王 | 弘徽殿→宣耀殿・麗景殿 | 宣耀殿・麗景殿→弘徽殿 |
| 後三条朝 | 貞仁親王（梨壺） | 藤原道子 | 宣耀殿 | 承香殿→麗景殿 |
| | | 藤原賢子 | 麗景殿 | 弘徽殿→藤壺 |

※栗本賀世子『平安朝物語の後宮空間』第三編第四章に基づき作成した。

（後朱雀《ごすざく》天皇）妃禎子《ていし》内親王について説明すると、安子の場合は、夫成明親王が皇位につ いた後に清涼殿の建て替えのため臨時に綾綺殿《りょうきでん》に移御するのに伴い、綾綺殿に近い梨壺に居を移したが、天皇が清涼殿に遷御すると再び藤壺へと戻った。藤壺は、格下とはいえ清涼殿に隣接しているし、安子にとっては入内当初から使用するなじみのある場所だったから、変更の必要性をそれほど感じなかったのかもしれない。その後、立后してから弘徽殿に移ったのは、先述の通りである。禎子内親王の場合は、初め夫敦良親王が梅壺や承香殿を使用していた時期は弘徽殿で暮らし——弘徽殿を東宮妃が使用した初例である——、敦良が梨壺に移ると宣耀殿・麗景殿に入った。やがて敦良は即位するが、清涼殿は前帝後一条の死の穢《けが》れに触れていたため、しばらく梨壺にとどまり、禎子も宣耀殿・麗景殿を使用し続ける。清涼殿の改築が済み、新帝が清涼殿に移った後は、禎子は弘徽殿を用いたのである。

以上のような史上の例からすると、東宮（新帝）の清涼殿への移御の際にそのキサキも清涼殿近辺に移るべきとの考えがあったようである。当時の『源氏物語』の読者は、今上帝藤壺女御の麗景殿からの居所変更を、当然のこととして受け止めていたにちがいない。ただ、この女御の場合は、史上の慣例以外に、物語内部にも住まいを藤壺に設定しなおす理由があったのではないだろうか。

というのも、彼女の娘女二の宮の婿候補として薫の名が挙がった際、かつての女三の宮と光源氏の結婚を思い起こさせるような描き方が為されていたからである。

朱雀院の姫宮を六条院に譲りきこえたまひしをりの定めどもなど思しめし出づるに、しばしは、いでや飽かずもあるかな、さらでもおはしなましと聞こゆることどももありしかど、源中納言の人よりことなるありさまにてかくよろづを後見《うしろみ》したてまつるにこそ、その昔《かみ》の御おぼえ衰へず、やんごとなきさまにてはながらへたまふめれ、さらずは、御心より外《ほか》なることども出で来て、おのづから人に軽《かる》められたまふこともやあらまし、など思しつづけて、ともかくも御覧ずる世にや思ひ定めましと思しよるには、やがてそのついでのままに、この中納言より外に、よろしかるべき人、また、なかりけり。　（宿木巻）

〈今上帝は、朱雀院が姫宮〈女三の宮〉を六条院《ろくじよういん》〈光源氏〉にお譲り申し上げられた時の決定のことなどをお思い出しになると、「しばらくの間は、さあどんなものか、物足りないことよ、そんな御縁組などなさらずとも良かったのに、と世間で噂申し上げたことなどがあったけれども、今となっては、息子の源中納言《げんちゆうなごん》〈薫〉が人並み優れた様子でああして万事をお世話申し上げているからこそ、母宮も昔ながらのご威勢が衰えることなく、高貴な様子で御暮らしになっているようだ。そうでなければ、ご自身でも思いがけないことなどが起こって、自然と人に軽んじられなさることもあったかもしれない」などとお思い続けになって、ともかく自分の在位中に婿を決めようかとお思いつきになると、〈光源氏と女三の宮の結婚の例の〉そのまま順を追って、〈光源氏・女三の宮の息子である〉この中納言より他に、適当と考えられる人はいないのであった。)

ここでは、今上帝は、かつての光源氏と女三の宮の結婚にならって、女二の宮を光源氏の子の薫と結婚させることを思いついている(図63参照)。光源氏に許されているのだから、光源氏と女三の宮の血を引く薫とて皇女の婿になるのに問題あるまいとの理屈である。古代、律令制度の継嗣令《けいしりょう》では、皇族の血筋は外部に持ち出されるべきではないとの考え方から、皇女と臣下との結婚は認められていなかった。平安時代になると、その制度は完全には守られなくなるが、高貴な皇女と臣下の男性の結婚は好ましくないとの考えは依然として残っていた。『源氏物語』以前、史上では、父の許可を得た皇女の結婚の例はほとんどなく、在位中の天皇の皇女ともなると皆無だったのである。

しかし物語は、普通であれば実現困難であるはずの臣下の薫と在位中の今上帝の女二の宮との結婚を、過去にあった光源氏と女三の宮の結婚――ただし、こちらは朱雀帝譲位後の結婚で、また婿の光源氏は臣下にも関わらず准太上天皇《じゅんだいじょうてんのう》という上皇(太上天皇)並みの待遇を受けていた人物である――を先例とすることでスムーズに進めていく。その際、女二の宮の母を「藤壺女御」として設定することは、同じく「藤壺女御」を母とする女三宮を連想させ、物語中の過去の結婚を先例として呼び込むことを容易にするのである。二人の藤壺女御には、住まい以外にも、早くに入内した点、後盾がいなかった点、子を残して早くに亡くなった点、その子が帝の鍾愛の皇女である点など、類似点が多々あり、意図的に似せているのは明らかなのであった。

見てきたように、『源氏物語』第二・第三の藤壺は、第一の藤壺たる桐壺帝藤壺の宮が物語外部の史実や先行の『うつほ物語』あて宮を原型とするのとは異なり、物語の内部――その過去に居所決定の理由が存在していたのである。朱雀帝藤壺女御は桐壺帝藤壺中宮を、今上帝藤壺女御は朱雀帝藤壺女御を、それぞれなぞるようにして描かれる。繰り返される藤壺は、過去の登場人物と重ね合わされるわけであるが、それは単純な反復などでは決してなかった。そのような設定は、過去を引き寄せつつも、同時にその過去によって新たな物語を紡ぎだしていくために、選び取られたのであった。

## 『狭衣物語』矮小化された藤壺

『狭衣物語《さごろもものがたり》』では、藤壺は式部《しきぶ》卿宮《きょうのみや》の姫君《ひめぎみ》（藤壺中宮《ふじつぼのちゅうぐう》）の住まいとして使用されている。この姫君は早くに父を亡くして不遇な境遇にあったが、狭衣に見出された。狭衣の初恋の女性であるヒロイン、源《げん》氏《じ》の宮《みや》と不思議なまでに瓜二つであったことから、狭衣の妻に迎えられて愛されたのであ

図64　狭衣と式部卿宮の姫君の結婚
（『狭衣物語』巻四，承応三年絵入り板本）

った。狭衣帝即位後は、皇子を出産、さらに立后を果たし、狭衣の最終的な伴侶として描かれる存在である。その意味で、物語の準ヒロインと言っても良い。彼女が藤壺を使用したことは、この殿舎を皇族出身で帝寵深いキサキ、男主人公との恋愛が描かれるヒロイン（準ヒロイン）の住まいとする物語の伝統に沿ったものとひとまず解釈することができよう。

ところで、この式部卿宮の姫君については、義理の息子である兵部卿宮《ひょうぶきょうのみや》との関係について次のように記されていた。

ほどよりは大人しう、今より恥づかしげなる御さまにて、いたう静まりたまへるけしきなども、今よりは、このわたり余りに馴らしきこえんも煩はしう思しめさるれば、例のやうに、「此方《こち》参りたまへ」とものたまはせで……　（巻四）

（兵部卿宮は年ごろよりも大人びていて、今からこちらが恥ずかしくなるほど立派なご様子で、とても落ち着いた有様など、今後は、このあたり〈藤壺方〉にあまり親しくさせ申し上げるのも帝〈狭衣〉は面倒に思われなさるので、元服以前のように、「こちら〈藤壺の御《み》簾《す》の内〉に参上なさい」ともおっしゃらずに……）

兵部卿宮の元服後、狭衣は式部卿宮の姫君と親密になりすぎることを警戒し、彼を姫君の側に近づけることはしなくなったのだという。『源氏物語』の光源氏についても以下のような記述があった。

大人になりたまひて後は、ありしやうに、御簾の内にも入れたまはず、御遊びのをりをり、琴笛の音《ね》に聞こえ通ひ、ほのかなる御声を慰めにて、内裏《うち》住みのみ好ましうお

図65　『狭衣物語』・『源氏物語』の桐壺と藤壺

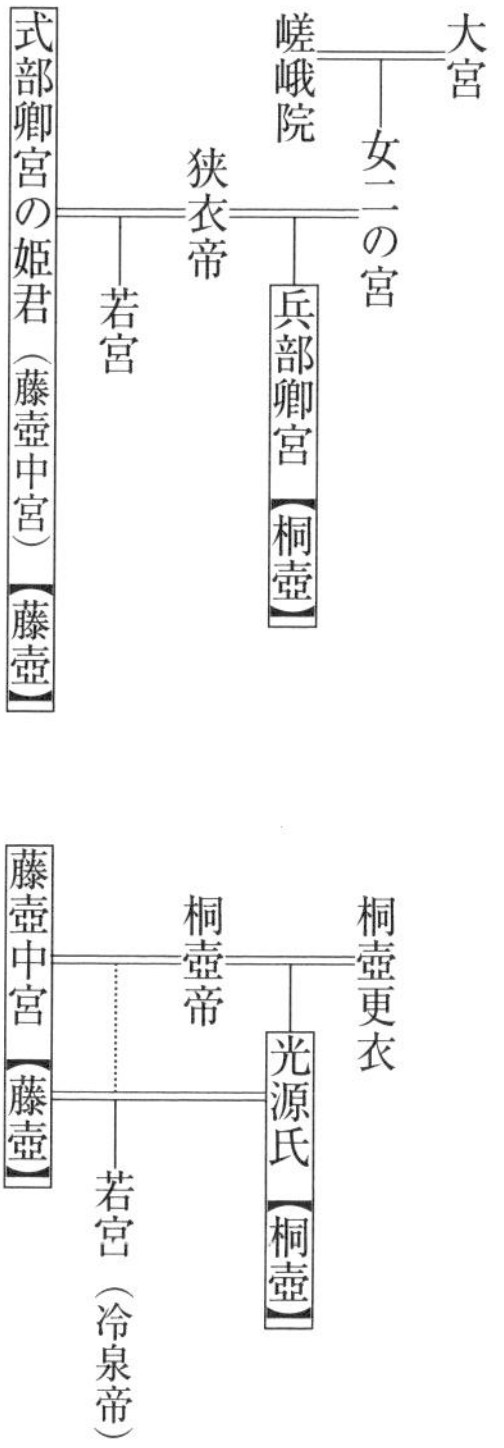

ぼえたまふ。（桐壺巻）

（光源氏が元服なさってから後は、父帝は以前のように、御簾の中にもお入れにならないので、管絃の御遊びがある折などに、藤壺の宮に琴や笛の音を何度もお聞かせし、御簾の中からほのかに聞こえてくる宮の御声を慰めにして、宮中での暮らしばかり好ましく思われなさる。）

兵部卿宮が桐壺、義母にあたる式部卿宮の姫君が藤壺に住むことに加え、元服後の兵部卿宮が成人後に藤壺の御簾の内に入れなくなったという設定は、まさしく、『源氏物語』の光源氏と藤壺の宮の関係と一致する。ただし、そのことが、『源氏物語』の場合は、二人の不義密通の伏線になっているのであるが、『狭衣物語』では物語の後の展開に生かされることはない。「淑景舎（桐壺）」の節でも述べたが、帝の寵愛深い中宮と皇子のイメージを表面的になぞっているだけのようにしか見えないのである。

さらに、『源氏物語』の藤壺の宮が、全てにおいて優れた最高の女性として描かれるのとは異なり、式部卿宮の姫君はあくまでも源氏の宮の身代わりに過ぎず、姫君が傍らにいても狭衣の心が完全には慰められることはなく、物語の結末まで源氏の宮・女二の宮への想いを引きずっている所も注意が必要である。『うつほ物語』あて宮や『源氏物語』藤壺

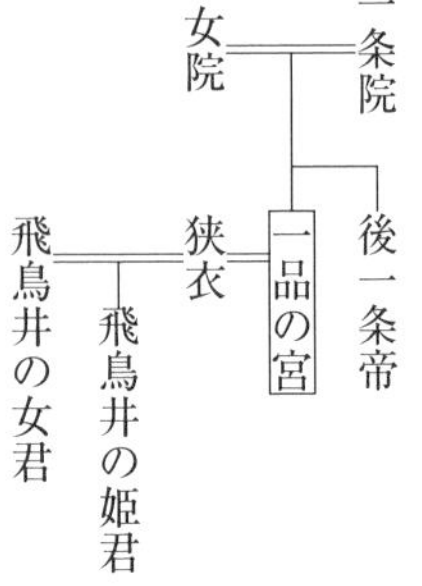


図66　一品の宮

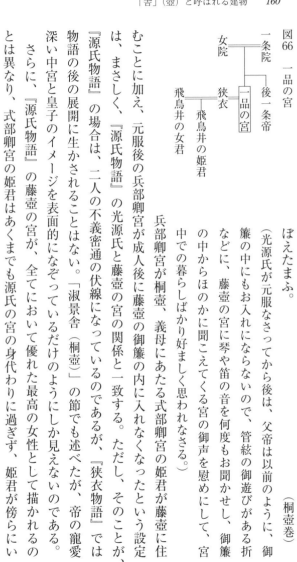

の宮など藤壺に住む理想的なヒロイン（準ヒロイン）と比べると、こちらは矮小化《わいしょうか》されているという印象を拭えないのであった。

なお、この他、狭衣帝の前代、後一条帝《ごいちじょうてい》の御代には、帝の母女院《にょいん》と姉の一品の宮《いっぽんのみや》が、宮中に時折参内して藤壺を用いていた。藤壺が内親王に使用されることは実際にあり、特に円融・花山《かざん》朝では天皇の同母姉の内親王の住まいであったから（表7）、この辺りの史実の影響があるかもしれない。一方で、一品の宮は、父狭衣と生き別れになっていた娘飛鳥井《あすかい》の姫君《ひめぎみ》（母は飛鳥井《あすかい》の女君《おんなぎみ》）を狭衣の子と知らずに引き取って世話しており、狭衣はその様子をうかがうため、たびたび一品の宮の里邸や藤壺の辺りをうろついていた。その結果、宮と狭衣の関係は世間から疑われ、親同士の取り決めによって二人は結婚を強いられることになる。この藤壺周辺を徘徊《はいかい》するという設定は、『源氏物語』花宴巻《はなのえんのまき》の光源氏と朧月夜の出逢いのくだり（前章「弘徽殿と常寧殿」の節参照）をどことなく思わせるものである。その後、狭衣と不仲だった一品の宮は、夫が即位しても内裏に入ることを拒み、間もなく病で亡くなったのだという。

## 凝華舎（梅壺）――劣勢に立つキサキの住まい

梅壺《うめつぼ》とは、凝《ぎょう》華《か》舎《しゃ》（凝花舎）という殿舎の別称であり、壺庭の梅にちなんでその名で呼ばれた。藤壺《ふじつぼ》と同じく、建てられた時期は他の殿舎よりも遅かったらしい。その位置は内裏《だいり》後宮殿舎の中で北西のやや奥まった場所、藤壺（飛香舎《ひぎょうしゃ》）と雷鳴壺《かんなりのつぼ》（襲芳舎《しゅうほうしゃ》）に挟まれた所であった。天皇の居住する清涼殿《せいりょうでん》から少し離れており、そこに至るには藤壺を通っていかねばならないので、天皇のキサキがここで暮らす場合は不便だったのである。

### 東宮御所の変遷

それ故に、梅壺は当初はキサキ以外の人物に使用されることが多かった。表9に主な梅壺の居住者を記したが、これによれば冷泉《れいぜい》朝以前は、キサキではなく東宮や権力者（摂《せっ》政《しょう》・関白《かんぱく》・内覧《ないらん》）に使用されている。中でも東宮の使用例が圧倒的に多い。そもそも東宮

表9　梅壺の居住者（～後三条朝）

| 天皇 | 居住者 | 出典 | 備考 |
|---|---|---|---|
| 醍醐朝 | 寛明親王（東宮） | 貞・延長3・閏12・21等 | 寛明は母の女御穏子と弘徽殿に居住。梅壺は儀式の場として使用した。 |
| 朱雀朝 | 藤原忠平（摂政） | 貞・承平元・11・17等 | 忠平は初め桂芳坊を用いたが梅壺に移り、後に藤壺に移る。 |
| | ↓成明親王（東宮） | 紀・天慶7・4・22等 | 成明は立坊前から梅壺を使用した。 |
| 村上朝 | 憲平親王（東宮） | 紀・天暦8・4・23等 | 憲平は梨壺か雷鳴壺も使用した。 |
| 冷泉朝 | 守平親王（東宮） | 紀・安和2・3・11等 | 守平は初め梨壺を用いたが梅壺に移った。 |
| 円融朝 | 師貞親王（東宮） | 紀・安和2・11・23等 | 師貞は後に梨壺に移った。 |
| | ↓藤原詮子（女御） | 紀・天元元・8・17等 | |
| 花山朝 | 懐仁親王（東宮） | 紀・永観2・8・27等 | |
| 一条朝 | 藤原定子（中宮） | 権・長徳元・10・10等 | 定子は初め登花殿を用いたが梅壺に移り、後には職曹司を使用した。 |
| | ↓藤原道長（内覧） | 大・道隆伝 | |
| 三条朝 | 敦成親王（東宮） | 御・寛弘8・10・10等 | |
| 後一条朝 | 敦良親王（東宮） | 紀・寛仁2・4・28等 | 敦良は後に承香殿、さらには梨壺に移った。 |
| | ↓藤原頼通（関白） | 小・長元2・閏2・22等 | |
| 後朱雀朝 | 親仁親王（東宮） | 扶・長暦2・正・9等 | 親仁は後に梨壺に移った。 |
| | ↓藤原生子（女御） | 栄・暮まつほし巻 | |
| 後三条朝 | 源基子（女御） | 栄・松のしづえ巻 | |

※出典は以下の通り。紀＝『日本紀略』、扶＝『扶桑略記』、貞＝『貞信公記』、権＝『権記』、御＝『御堂関白記』、小＝『小右記』、大＝『大鏡』、栄＝『栄花物語』

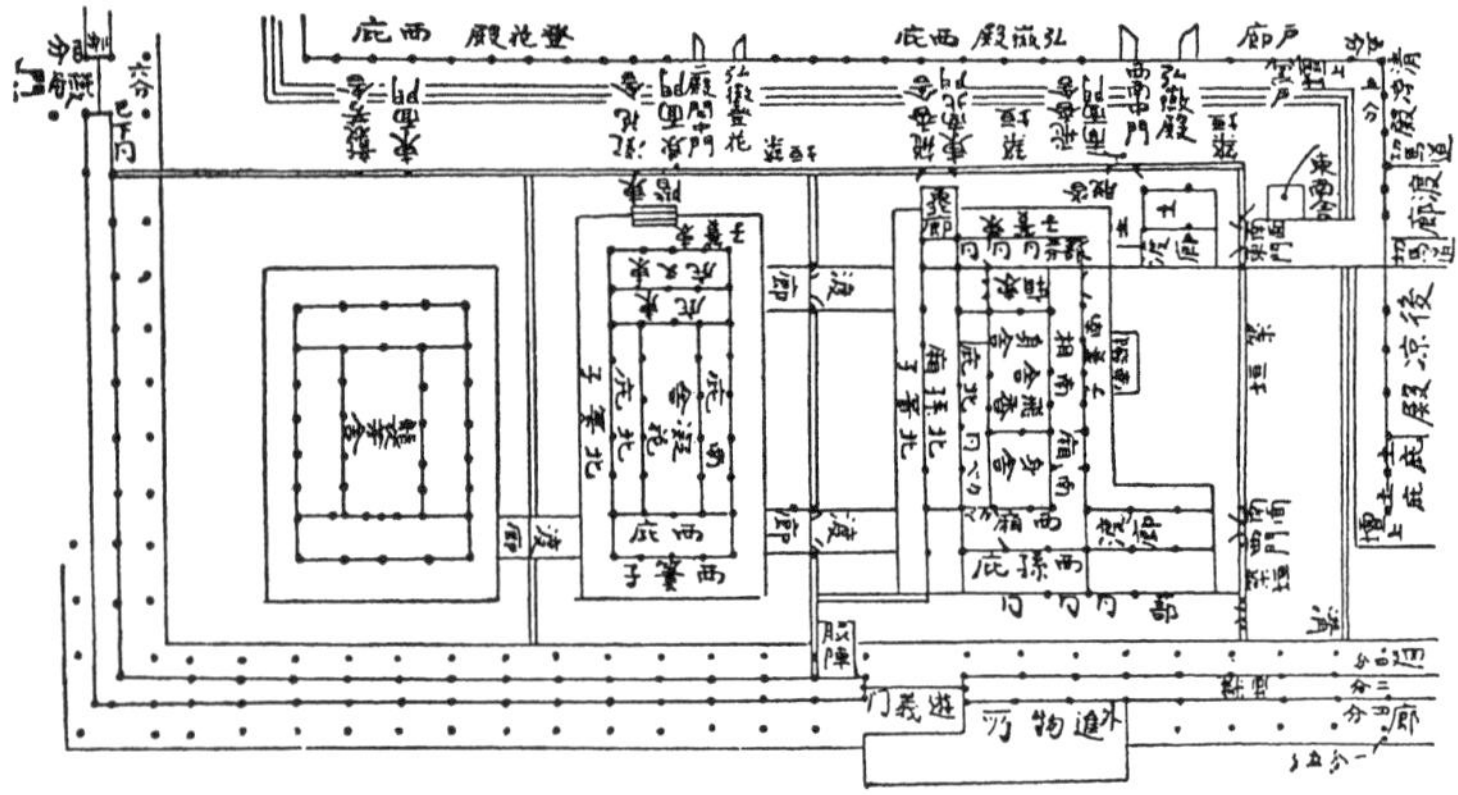

図67　藤壺・梅壺・雷鳴壺図（『大内裏図考証』）

御所は、醍醐《だいご》朝の東宮保明《やすあきら》親王までは内裏外の西雅院《さいがいん》を用いていたが、保明親王が若くして亡くなり、保明の子で次いで立坊した慶頼王《よしよりおう》は死の穢《けが》れに触れた雅院を離れて同じく内裏外の職曹司《しきのぞうし》（職御曹司《しきのみぞうし》）を用いるが、彼もわずか五歳で亡くなってしまう。保明親王・慶頼王の死を世間では、醍醐天皇に謀反を疑われ遠い九州の大宰府《だざいふ》に左遷されて非業の死を遂げた貴族、菅原道真《すがわらのみちざね》の怨霊の仕業だと噂した。この道真の霊を恐れて、東宮は内裏の奥深く、後宮殿舎で暮らすようになるのである（山下克明「平安時代初期における『東宮』とその所在地について」）。なお、京都北野《きたの》の地に怨霊道真は神として祀られることになる。これが、有名な北野天満宮《きたのてんまんぐう》創建の由来である。

『大鏡《おおかがみ》』（時平伝）には、慶頼王の次の東宮、寛明《ゆたあきら》親王（朱雀《すざく》天皇）がかなり用心深く育てら

図68　梅壺の梅（『石山寺縁起絵巻』石山寺蔵）

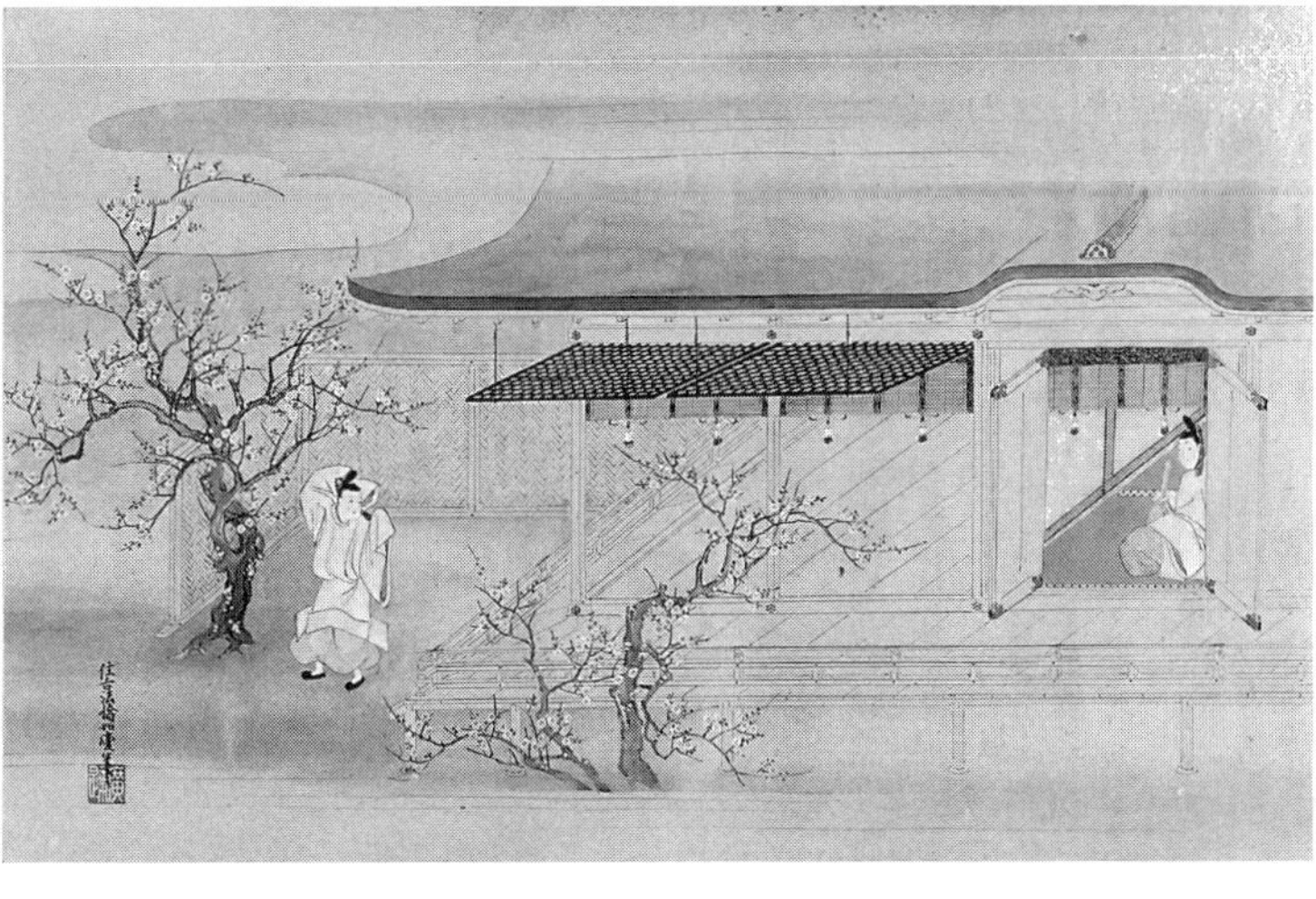

図69　梅壺図（住吉如慶『伊勢物語絵巻』東京国立博物館蔵／出典：ColBase〈https://colbase.nich.go.jp/〉）

図70　雷神と化した道真の霊（『北野天神縁起絵巻（甲巻）』東京国立博物館蔵／出典：ColBase〈https://colbase.nich.go.jp/〉）

れたという逸話も記されている。

　朱雀院生まれさせたまひて三年は、おはします殿《との》の御格子《みかうし》もまゐらず、夜昼火をともして、御帳《みちやう》のうちにて生《お》ほしたてたてまつらせたまふ。北野に怖《お》ぢ申させたまひて。

〈朱雀院〈寛明親王〉がお生まれになって三年は、お住まいになる建物の御《み》格子《こうし》〈日光や風雨を防ぐ窓のような建具〉も上げず、夜昼室内に灯台の火をともして、御帳台《みちようだい》〈四方に帳《とばり》を垂らした天蓋《てんがい》つきの寝台、図15参照〉の中でお育て申し上げなさる。北野の神〈菅原道真〉を恐れ申し上げなさったからでした。〉

　寛明の場合は基本的には母后穏子《おんし》と弘徽殿《こきでん》に同居し、儀式を行う時のみ梅壺に移ったが、以降の東宮は梅壺を生活の場としても使用したようである。しかし、一方で、村上《むらかみ》・冷泉朝頃から、梨壺《なしつぼ》が東宮御所となることも増加する。特に、幼少の東宮は梅壺に住み、長じると梨壺に移る傾向が強かったのだが、それは、成人後のキサキたちの住まいを確保する必要があったからだろう（中町美香子「平安時代の皇太子在所と宮都」）。東宮妃が入れそうな場所として、梅壺の近辺には藤壺くらいしかなかったのに対し、梨壺の周りには宣耀《せんよう》殿《でん》・麗景殿《れいけいでん》・桐壺《きりつぼ》などの殿舎があったのである。

ちなみに、平安朝の物語における東宮御所は、『うつほ物語』では梅壺であるが、『源氏物語』も含めたそれ以降の物語では、判明する限り全て梨壺である。東宮の梨壺使用が次第に増加する時代の趨勢《すうせい》を反映していると思われ、興味深い。ただし、有力な東宮候補の皇子（『源氏物語』今上帝《きんじようてい》の二《に》の宮《みや》、『浜松中納言物語《はままつちゆうなごんものがたり》』兵部《ひようぶ》卿宮《きようのみや》）の例はあり、その点では梅壺に東宮のイメージは残っていたようである（植田恭代『源氏物語の宮廷文化』）。これらについては、朱雀朝の東宮成明《なりあきら》親王（村上天皇）が立坊前から梅壺で暮らしていたことから影響を受けたのかもしれない。

## 史上の梅壺の后妃たち

東宮が梨壺にも住むようになったことにより、空いた梅壺が円融《えんゆう》天皇女御の詮子《せんし》の住まいに充てられるようになる。以降、一条《いちじよう》天皇后の定子《ていし》、後《ご》朱雀《すざく》天皇女御の生子《せいし》、後三条《ごさんじよう》天皇女御の源基子《きし》ら天皇のキサキが、いずれも東宮御所が梨壺に置かれていた時期に梅壺に入った。

ところで、他の「舎」である桐壺や（当初の）藤壺と同様、梅壺は天皇のキサキの住まいとしては格下であり、加えて清涼殿から行き来がしづらいという場所でもあったのだが、なぜこの場所がわざわざ天皇のキサキに用いられたのだろうか。実は、そこに入ったキサキたちは、その当時皆何らかの問題を抱えていたのである。

まず、詮子についてだが、この人は円融天皇の唯一の男皇子《おとこみこ》を生み、その子が後に一条天皇として即位した。しかし入内当時は、父の藤原兼家《かねいえ》の身分は大納言《だいなごん》に過ぎず、未だ大臣には至っていなかった。詮子が梅壺に入った理由としては、この父の非大臣というキサキの後見としては物足りない身分に加え、兼家と関白藤原頼忠《よりただ》（皇后遵子《じゅんし》の父）の政治的対立も関係するかと思われる。

『栄花物語《えいがものがたり》』（花山たづぬる中納言巻）によれば、「ただ今の御有様に上も従はせたまへば、おろかならず思ひきこえさせたまふなるべし」（現在の頼忠のご権勢に帝もお気遣いあそばすので、遵子をおろそかならずお扱い申し上げていらっしゃるのだろう）、「帝、太政大臣の御心に違はせたまはじと思しめして、「この女御后に据ゑたてまつらん」とのたまはすれど……」（帝は太政大臣《だいじょうだいじん》頼忠の御心に背くことがあってはなるまいとお思いになって、「この女御〈遵子〉を皇后にお立て申し上げよう」とおっしゃるが……）などとあり、円融天皇は関白頼忠の意向を終始気にして、最終的に皇子を生んでいる詮子ではなく頼忠の娘の遵子を立后させてしまったのだという。こうしたことからすると、頼忠女遵子の競争相手となる詮子の局には、わざと離れた場所にある、しかもこれまでキサキの居所として使用されたことのなかった梅壺を割り振ったのではないだろうか。円融朝では、遵子が承香殿《じょうきょうでん》、後に弘徽殿を、また詮子より後に入内したはずの尊子《そんし》内親王が麗景殿、次いで承香殿を使用しているのに対し、詮子の居所は格下の梅壺であり続けたことからも、そのような事情を想像したくなるのである（図35・42参照）。ちなみに、詮子と遵子の争いは、前章「承香殿」の節でも少し触れたが、後述する『源氏物語』冷泉朝の斎宮女御《さいぐうのにょうご》（梅壺女御《うめつぼのにょうご》）と弘徽殿女御《こきでんのにょうご》の立后争いのモデルになったと考えられる（植田恭代『源氏物語の宮廷文化』、栗本賀世子『平安朝物語の後宮空間』）。梅壺と弘徽殿のキサキの争いという点で重なり合うが、一方で物語では勝利したのは梅壺方であり、勝者が逆転されている。

次に、一条朝の定子であるが、本来の彼女の住まいは登花殿《とうかでん》であった。ところが長徳《ちょうとく》元年（九九五）の夏以降、梅壺に移ったようなのである。長徳元年といえば、定子の父、関白藤原道隆《みちたか》が亡くなった年である。これはやはり、道隆の死が定子の家——中関白家《なかのかんぱくけ》に影を落としたことによって、清涼殿から隔たった格下の梅壺に定子が追いやられたと見るべきである。権力者の父を失ったことにより、定子の立場は一気に弱くなってしまったのであろう。道隆の死後に定子兄の伊周《これちか》は藤原道長との権力争いに敗れ、長徳二年には花《か》山法皇《ざんほうおう》に向かって矢を射かけるという狼藉を働いて大宰権帥《だざいのごんのそち》に左遷され、一家は没落の

図71　藤原生子

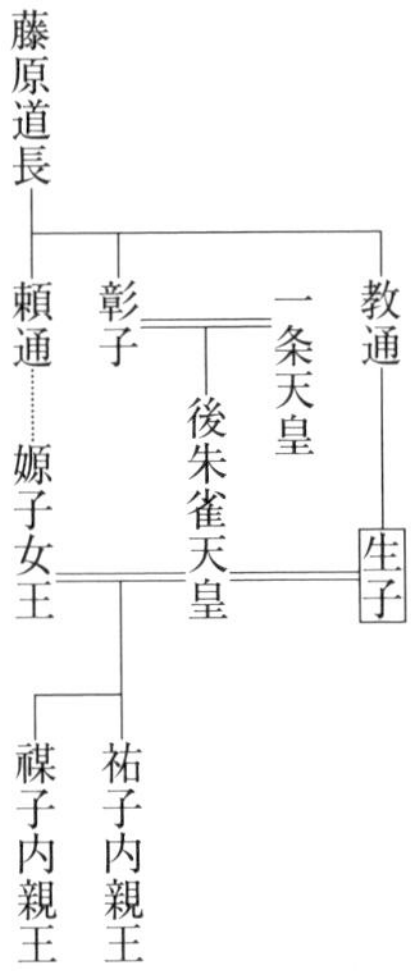


一途をたどっていくことになる（中関白家については図51の系図を参照）。なお、定子は兄の左遷の際に出家してしまったため、その後は内裏後宮殿舎に入ることが憚られ、内裏外の職曹司（職御曹司）を主に用いたようである。

藤原教通《のりみち》の娘の生子が後朱雀天皇に入内した時も、当時の政治情勢は複雑であった。時の執政は関白藤原頼通《よりみち》であったが、彼の養女の後朱雀天皇中宮、嫄子《げんし》女王は、長暦《ちょうりゃく》三年（一〇三九）八月に亡くなっており、それから半年もたたない十二月に、頼通弟の教通が生子を後宮に入れたのであった。

この時、頼通は「宮の御事のほどなきに（中宮〈嫄子女王〉の死から間もないのに）」（『栄花物語』暮まつほし巻）と不快に思い、キサキが内裏に入る際に必要な輦車《てぐるま》（図29）を貸さないなどして妨害したのだという（『春記』）。さらには、天皇の寵妃であった生子の立后を「一の人の御女ならぬ人の、御子おはしまさぬがならせたまふ例はまたなきこと（摂政関白の娘でない人で、皇子皇女がいらっしゃらない方がおなりになる例は他にないことだ）」（『栄花物語』根あはせ巻）と主張して頑なに認めなかったのである。こうした事情を勘案すると、生子入内を快く思わない頼通の意思が反映されて、生子の局が清涼殿から離れた梅壺に決定されたのだと考えられる。一方、梅壺と隣接する藤壺には、当時、故嫄子女王腹の祐子《ゆうし》内親王・禖子《ばいし》内親王が入っていた。生子が天皇に召された時は、その藤壺を通って清涼殿に出向かなければならないのだが、故中宮の遺児たちの居所を以て清涼殿と梅壺を隔てたところに、頼通の嫌がらせめいた意図を考えるのは、深読みのしすぎであろうか。

四人目の梅壺のキサキ、基子の場合は、前述の三人と比較して、梅壺に入った理由が最も明快である。基子は、侍従宰相《じじゅうのさいしょう》源基平《もとひら》の娘と身分が低く、しかも、早くに父を亡くして、後三条天皇皇女聡子《そうし》内親王に女房として仕えていた女性である。宮仕えをしている内に、後三条天皇の寵を受け、実仁《さねひと》親王を産む。出産後の彼女は、皇子とともに参内した際、女御の位に任じられた。世間の人は正規に入内していたわけでもない基子の女御への昇格を「世に例なきこと」と驚愕した（『栄花物語』松のしづえ巻）。しかし、そうはいっても、はかばかしい後見がいないという状況では、基子への扱いには、やはり限りもあったと思われる。当時、後三条天皇に先に入内している中宮馨子《けいし》内親王が弘徽殿、女御藤原

図72　源　基子

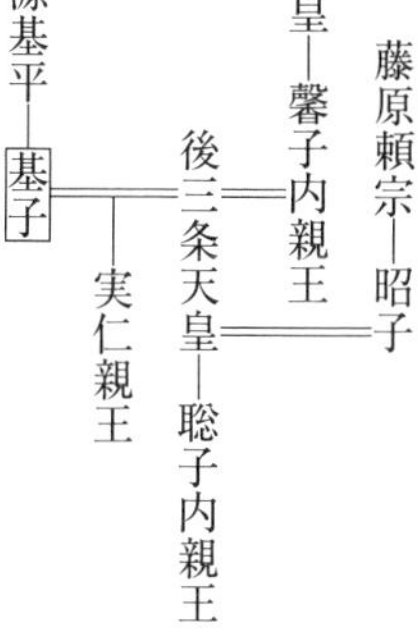

昭子《しようし》が承香殿と、清涼殿に隣接する主要な殿舎を押さえていたが、対して、父もすでに亡く、立場の弱い、新参者の基子は、彼女の身分の程度に応じた扱いを受けて、不便な場所にある梅壺を局としたのであった。

見てきたように、史上のキサキたちが梅壺を利用することになった事情の裏側には、人々の政治的な思惑が絡んでいた。定子・基子のように後見勢力が弱かったり、あるいは詮子・生子のように後見者が時の権力者と対立したりと、やむをえない理由があって、彼女たちは梅壺に入ることを迫られたのであった。

## 『源氏物語』の斎宮女御

平安朝物語の梅壺は、先述したように東宮(東宮候補の皇子)の住まいとなる他、権力者(『夜《よる》の寝覚《ねざめ》』の内大臣《ないだいじん》)、天皇の母后(『源氏物語』朱雀《すざく》朝の弘徽殿大后《こきでんのおおきさき》)やキサキも使用している。キサキでは有名なのが『源氏物語』冷泉《れいぜい》朝の斎宮女御(秋好中宮《あきこのむちゆうぐう》)だが、『うつほ物語』の嵯峨《さが》朝の身分低い更衣である梅壺御息所《うめつぼのみやすどころ》、『夜の寝覚』の梅壺女御《うめつぼのにようご》——右大臣《うだいじん》の娘で帝との間に皇女を二人産んだが目立たない脇役である——も挙げられる。後の二人についてはこれまで述べたような史上の梅壺のキサキのイメージとそれほど矛盾することはないのだけれども、問題となるのは斎宮女御である。

斎宮女御は、光源氏の若かりし頃の恋人、六条御息所《ろくじようのみやすどころ》の娘である。父は前坊《ぜんぼう》(前の東宮）であったが、早くに亡くなっている。朱雀帝の御代の斎宮《さいぐう》（伊勢神宮《いせじんぐう》の神に仕える未婚の皇族女性）に選ばれ、伊勢に母とともに下向するが、天皇の代替わりにより任を終え帰京した。やがて母御息所が病死すると、当時の執政であった光源氏の世話を受けることになる。その後は冷泉帝に入内し、前斎宮であったことから斎宮女御と称された。帝の寵愛と光源氏の権勢を背景に最終的には皇后（中宮）の地位にまで上った女性である。

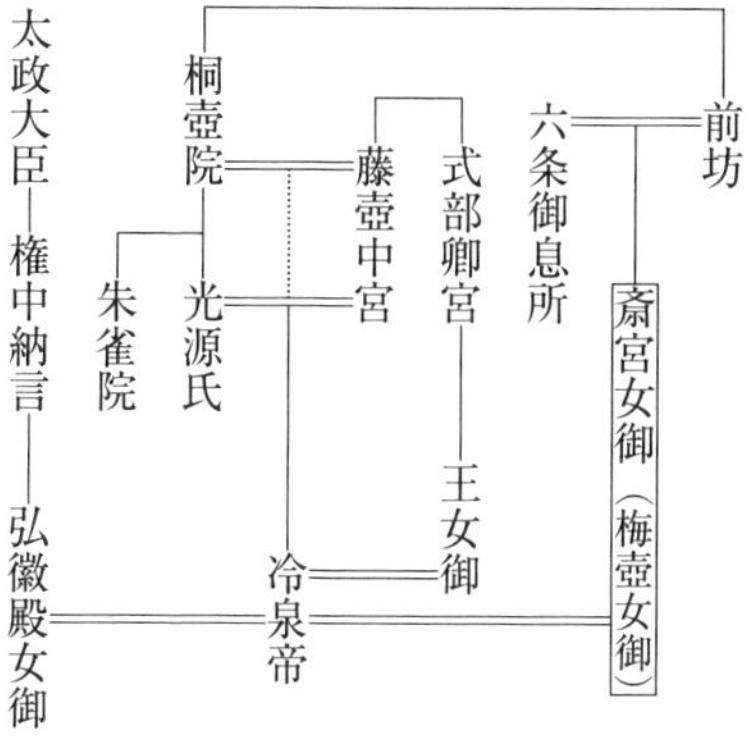


図73　斎宮女御

この斎宮女御は入内当初から梅壺を使用するのであるが、一方で冷泉帝の他の有力な二人の女御は、清涼殿から直結する弘徽殿と承香殿を居所としている。一番最初に入内した権中納言《ごんちゅうなごん》（頭中将《とうのちゅうじょう》）の娘――この人は祖父太政大臣の養女になっている――が弘徽殿に入ったのはまだ分かるとしても、斎宮女御よりも後から三番目に入った式部卿宮《しきぶきょうのみや》女が、梅壺よりも渡御しやすい承香殿を住まいとしているのは、不可解である。いったい、権力者光源氏の養女となった斎宮女御が、早くから入内していたにもかかわらず、帝の寵愛を争うにあたり不利な場所にある梅壺に入ったのはなぜであろうか。

一つには、前項で述べた史上の梅壺女御詮子の影響も考えられるところだが、それだけが理由ではない。実は、この問題には、斎宮女御の入内前の状況が関係しているのである。六条御息所が死去した後、その娘を託された光源氏は、冷泉帝に入内させる事を考えつく。だが、当時、彼女は光源氏の兄、朱雀院から求婚されていた。光源氏は、朱雀院の意向に背くのを非常に心苦しく思い、兄に配慮して斎宮女御への表立った世話を断念することになる。入内前、当初は斎宮女御と養子縁組を行い、二条院に引き取ることを予定していたのだが、朱雀院への遠慮から延期し、この時点では「知らず顔」――斎宮女御とは無関係のふりをしつつ、密かに「おほかたのことども」のみ面倒を見たのだという。また、入内当日にも「うけばりたる親ざまには聞こしめされじ（表立った親代わりのようには朱雀院にはお考えいただかれないようにしよう）」と考え、自分自身は入内の儀式には関わらず、親しい貴族に命じて斎宮女御の細々とした世話を任せている（絵合巻）。

つまり、兄朱雀院の心情を思いやる光源氏は、斎宮女御の入内時にはまだ正式に彼女と養親子関係を結んでおらず、表向き後見のない状態で入内させていた。そのため、権力者の養女ではなく、両親のいない孤児という立場だった斎宮女御は、梅壺という格下の殿舎に入ることになったのである。『源氏物語』は、主人公の光源氏を冷徹な政治家ではなく、他者への配慮を欠かさない理想的人物として造型している。考えてみれば、その光源氏が、権力に物を言わせて斎宮女御をこれ見よがしに華々しく入内させるという、朱雀院への余りにも心無い仕打ちをするはずがなかった。よって、斎宮女御が、キサキの居所としては目立たない場所である梅壺を住まいとすることは、物語の中で必然的な出来事であったと言えるのである。

なお、斎宮女御の梅壺と権中納言の娘（弘徽殿女御）の弘徽殿、この二つの殿舎のイメージが、居住者二人の宮中における争いで効果的に生かされていることを付け加えておきたい。絵を愛好する冷泉帝の関心を引くべく、斎宮女御と弘徽殿女御のもとでは優れた絵の収集がさかんに行われていたが、ついには帝の御前で両者の絵の優劣を競う絵合《えあわせ》の行事が催されることになった。ただ、梅壺方の絵は「いにしへの物語、名高くゆゑあるかぎり（昔の物語で名高く由緒あるものばかり）」、弘徽殿方の絵は「そのころ世にめづらしくをかしきかぎり（その頃世間で目新しく面白がられているものばかり）」であり、「いまめかしき華やかさ」――見た目の華やかさは弘徽殿の流行を取り入れたものの方が断然勝っていたという（絵合巻）。ここで注意を促したいのは、「いまめかし」というのは、弘徽殿女御が集める絵に止まらず、その住まいたる殿舎のイメージでもあったということである。弘徽殿は、主要なキサキの居所に充てられることが多く、常に後宮の中心的殿舎であった（前章「弘徽殿と常寧殿」の節参照）。権力者の娘が入ることが多い弘徽殿は、まさに「いま

図74　冷泉帝御前の絵合（土佐派『源氏物語図色紙』絵合巻，堺市博物館蔵）

めかしき華やかさ」というきらびやかな印象をまとった場であったのである。一方、斎宮女御の拠点である梅壺といえば、「殿」よりも劣った「舎」であり、清涼殿から少し離れた奥まった場所にあるために、後宮において弱い立場のキサキの居所としてしか用いられない、地味でくすんだイメージを持つ殿舎であった。しかし、所有する絵でも、居所とする場でも、弘徽殿女御に遅れをとっているかのように見えた斎宮女御は、絵合の行事で、そして、肝心の立后争いでも、見事に勝利を収めることになる。朱雀院への配慮のせいで、当初は光源氏から内々の世話しか受けられず、梅壺にひっそりと入内した斎宮女御が、不利な条件をはねのけて、帝の寵愛を獲得し立后を果たす、という逆転劇は、史実ではありえない、物語ならではの虚構であった。

## その他の舎——東宮に使用される空間

最後に、まだ触れていない残りの二舎——梨壺《なしつぼ》（昭陽舎《しょうようしゃ》）と雷鳴壺《かんなりのつぼ》（襲芳舎《しゅうほうしゃ》）についても概要を記しておこう。

### 昭陽舎（梨壺）

梨壺は、庭に梨の木があったことからその呼称が付けられた。内裏《だいり》の東端にあり、温明《うんめい》殿《でん》・綾綺殿《りょうきでん》の北、淑景舎《しげいしゃ》（桐壺《きりつぼ》）の南に位置していた（図50）。前節でも述べたように、この建物は村上《むらかみ》・冷泉《れいぜい》朝頃から梅壺《うめつぼ》とともに東宮御所として使用されていた。ちなみに、梨壺には本舎《ほんしゃ》とは別に北舎《ほくしゃ》があり、『栄花物語《えいがものがたり》』（暮まつほし巻・松のしづえ巻）によれば、東宮親仁《ちかひと》親王（後冷泉《ごれいぜい》天皇）妃章子《しょうし》内親王や東宮貞仁《さだひと》親王（白河《しらかわ》天皇）妃藤原道子《どうし》がここを「上《うえ》の御局《みつぼね》」——東宮の寝所に参上する際の控室として用いたようである。

『源氏物語』以後の平安朝物語においては、東宮御所は、判明する限り全て梨壺に設定されているようである。まず、『源氏物語』において、朱雀《すざく》朝では梅壺が母后（弘徽殿大《こきでんのおお》后《きさき》）によって使用されているので梨壺が東宮（冷泉帝《れいぜいてい》）の住まいだったと思われ、冷泉朝でも東宮（今上帝《きんじようてい》）に使用されたことが記されており、今上帝第一皇子の東宮にも、梨壺に隣接する麗景殿《れいけいでん》に住むキサキ（紅梅大納言《こうばいだいなごん》の長女）がいた。他の物語でも同様に、東宮以外の登場人物の住まいを手がかりにすることで、東宮御所の位置が梨壺と梅壺のどちらか推測できる。『狭衣物語《さごろもものがたり》』の一条帝《いちじようてい》皇子の東宮（後一条帝《ごいちじようてい》）には宣耀殿《せんようでん》、次いで東宮に立てられた嵯峨帝《さがてい》皇子の東宮には麗景殿のキサキがいた。『夜《よる》の寝覚《ねざめ》』では最初の東宮（母は中宮）の時は、梅壺が女御や内大臣《ないだいじん》に使用されて埋まっており、次の新東宮（母は督《かん》の君）には、末尾欠巻部分において宣耀殿の名で呼ばれたキサキが入内していたらしい。『浜松中納言物語《はままつちゆうなごんものがたり》』では、東宮は途中で死去してしまうのだが、彼の生前には梅壺が兵部卿宮《ひようぶきようのみや》——前の東宮の死後に新東宮に立てられる——に使用されていた。このように、東宮妃が梨壺から近い宣耀殿や麗景殿で暮らしていたり、梅壺の方が東宮ではない別の人物に使用されていたりする場合は、梨壺が東宮御所に充てられていたことが分かるのである。

　史上では、梨壺は東宮の他に、母后、親王、女官などの住まいにもなり、また村上天皇の時代には撰和歌所《せんわかどころ》（勅撰和歌集《ちよくせんわかしゆう》を編集するための役所）の別当であった藤原伊尹《これただ》の宿所が置かれて『後撰和歌集《ごせんわかしゅう》』が編纂されたことが大変有名である。一方で、この建物はキサキの住まいには適していなかった。というのは、天皇のキサキが住む場合は天皇の暮らす清涼殿から離れすぎていたし、かといって東宮のキサキが住む場合も、東宮御所が梅壺だったならばやはり梨壺は遠すぎる。もちろん、東宮が梨壺にいる場合は、梨壺が東宮のキサキの住まいとなることはありえなかったはずである。

とはいえ、キサキの例もわずかながら存在する。朱雀《すざく》朝の女御藤原慶子《けいし》と村上朝の女御藤原安子《あんし》が梨壺で暮らしていたことが史料から確認できるが、実はその当時、二人の夫の天皇は梨壺の南側に隣接する綾綺殿を使用していたのであった。朱雀天皇は、かつて菅《すが》原道真《わらのみちざね》の怨霊(前節参照)の仕業とされる落雷が清涼殿にあったため、在位中、清涼殿を避けて弘徽殿や藤壺《ふじつぼ》、常寧殿《じょうねいでん》、綾綺殿など住まいを転々としていたという(角田文衛『王朝文化の諸相』)。また、村上天皇の場合は、清涼殿の建て替え工事のため、一時的に綾綺殿を御座所としていたのである。安子もそこから程近い梨壺に入ったが、やがて天皇が清涼殿に移ると、後を追うように居所を元の住まい、藤壺に戻したのであった(「飛香舎(藤壺)」の節参照)。

このように、史上のキサキの梨壺住みは、いずれも天皇が綾綺殿に住んでいたことによる特殊例であった。しかし、一方で虚構の『うつほ物語』では、東宮が梅壺で暮らしているにもかかわらず、東宮妃の藤原兼雅《かねまさ》女（梨壺）がなぜか梅壺から遠い梨壺を使用し、その殿舎名で呼ばれている。これはおそらく、史上で梨壺に居住した村上天皇皇子、為平《ためひら》親王（母は藤原安子）の影響によるものではないだろうか。本章「飛香舎（藤壺）」の節でも述べたが、『うつほ物語』に描かれる源氏のあて宮腹第一皇子と藤原氏の兼雅女（梨壺）腹第三皇子の立坊争いは、源氏に支持された為平親王と藤原氏を後盾とする守平《もりひら》親王の立坊争いという冷泉朝の史実を下敷きにしている。為平は父帝鍾愛の皇子で、宮中の梨壺を居所とすることを許され、早くから皇位につくことを期待されていたが、守平親王に敗北してしまうのである。作者は、梨壺を為平親王が用いたことを受けて、物語でも第三皇子母の兼雅女を梨壺に住まわせ、居所を通して政争での敗北者というイメージをもたらそうとしたのだろう。人物のイメージの重ね合わせを優先したために、東宮妃が梨壺を用いるという虚構の殿舎設定が生み出されたのであった。

## 襲芳舎（雷鳴壺）

雷鳴壺は、中庭に落雷のあった木が存在していたことによる呼び名らしい。内裏の北西隅、梅壺の北にあった（図67）。天長《てんちょう》七年（八三〇）七月に、「内裏西北角曹司《せいほくのすみのぞうし》」——これが襲芳舎（雷鳴壺）であろう——に落雷があったことが歴史書の『類聚国史《るいじゅこくし》』に見えるので、あるいはこの時の出来事によるものなのかもしれない。『古今和歌集《こきんわかしゅう》』（一九〇・三九七番歌）には凡河内《おおしこうちの》躬恒《みつね》や紀貫之《きのつらゆき》が醍醐天皇によって雷鳴壺に召されて詠んだ歌が収められている。

この建物に関する記録はあまり残っていないのだが、憲平《のりひら》親王（冷泉天皇）・守平親王（円融《えんゆう》天皇）など東宮が皇位につく前に居所としている。ただし、憲平については「皇太子直曹《じきそう》襲芳舎〈或いは云はく凝花舎《ぎょうかしゃ》と〉」（『日本紀略』康保四年五月二十五日条）とあり、守平についても「襲芳舎」（『日本紀略』安和二年八月十三日条）とするものと「凝花舎」（『践祚部類鈔』）とするものがあり、居所について説が分かれている。雷鳴壺（襲芳舎）と梅壺（凝華〈花〉舎）は隣接していたから、ひょっとすると雷鳴壺は梅壺に居住する東宮に同時使用されていたのかもしれない。それ故に居所について二通りの解釈が生じたのではないだろうか。

他にも、雷鳴壺が近くの建物の居住者に併用された形跡が残っている。白河朝では、承暦《じょうりゃく》三年（一〇七九）、中宮藤原賢子《けんし》の内裏外での出産の際、彼女の宮中における居所、藤壺で読経が行われ、雷鳴壺は僧供事《そうぐのこと》（僧侶に食べ物や衣服を供する）に用いられている（『御産部類記』）。さらに二条《にじょう》朝で藤原香子《こうし》（育子《いくし》）が藤壺に入内した際には、香子に付き添って入内の儀式に関わった異母弟藤原兼実《かねざね》の妻が、一時的に藤壺に隣接する雷鳴壺を宿所として使用している（『山槐記』応保元年十二月十七日条）。これ以外に、後朱雀《ごすざく》朝で、弘徽殿・登花殿《とうかでん》を使用した中宮嫄子《げんし》女王（前章「弘徽殿と常寧殿」の節参照）の中宮庁（中宮に関する事務を扱う役所）が雷鳴壺の北廊《きたのろう》に置かれていたのも、登花殿と雷鳴壺の近さ——登花殿は一時期雷鳴壺の南の梅壺と直結していた（前章「その他の殿」の節参照）——によるものなのかもしれない（『平記』長暦元年六月二十三日条）。なお、雷鳴壺は、平安朝物語では扱われることがなかった。

# 後宮殿舎の役割――エピローグ

## 内裏の行方

八世紀末に造営された内裏《だいり》のその後の行方についてたどってみよう。内裏は、天徳《てんとく》四年（九六〇）に初めて火災で焼失してから何度も火災に見舞われた。そのたびに天皇とその家族たちは、仮の内裏（臣下の邸宅〈里内裏《さとだいり》〉や上皇御所〈後《ご》院《いん》〉が使用された）に移り、正規内裏が再建するとまたそちらに戻るということを繰り返したのだが、院政期の鳥羽《とば》朝には里内裏が天皇の平常の住まいとなり、内裏は晴れの儀式の時のみ用いられる空間になったのだという。本書の「平安時代の後宮」の章で扱った『長秋記《ちょうしゅうき》』（長承二年九月十八日条）の記事からも、内裏の清涼殿《せいりょうでん》が鳥羽朝から天皇の居所とならず荒廃していたことがうかがえる。ちなみに、里内裏の中には、もともとあった建物を正規内裏の殿舎に擬した邸宅や、正規内裏をまねて改築・新造した邸宅も存在したが、後宮七殿五舎《こうきゅう》全てを用意することはさすがに難しかったようである。

鎌倉時代の安貞《あんてい》元年（一二二七）、再建中の内裏の殿舎が焼失し、宮城（大内裏）内の内裏は絶えてしまう。以降は、完全に里内裏が天皇の居住空間となった。そして、十四世紀前半、土御門《つちみかど》東洞院殿《ひがしのとういんどの》（土御門内裏）の地が北朝《ほくちょう》の皇居として固定され、南北朝統一後もその場所が使用され続けたのである。

江戸時代にも土御門内裏の焼亡・再建がたび重なったが、寛政《かんせい》年間（一七八九〜九〇）に再建された際には、新しい試みが為された。すなわち、裏松固禅《うらまつこぜん》の著書『大内裏図考証《だいだいりずこうしょう》』――本書で何度も取り上げた、平安京内裏について考証した書物である――に基づき、かつての平安京内裏の殿舎を忠実に模した建物が一部復元されたのである。この内裏は安政《あんせい》元年（一八五四）にまたしても火災で失われたが、翌年に前回の様式を踏襲した内裏が建造された。この内裏を整備・拡充したものが現代の京都御所であり、明治天皇が東京に移り住むまで、皇居として用いられたのであった。

さて、鎌倉時代以降に正規の内裏が廃絶してしまったとはいえ、虚構の物語の世界では正規内裏が描かれ続けた。中世の人々は平安王朝文化に憧れを抱き続け、『源氏物語』を模範として創作されたような物語――現在では中世王朝物語と呼ばれる――『浅茅が露《あさじがつゆ》』、『風につれなき物語』、『いはでしのぶ』、『苔の衣《こけのころも》』、『我身《わがみ》にたどる姫君』、『恋路《こいじ》ゆかしき大将《だいしよう》』、『木幡《こはた》の時雨《しぐれ》』、『夢《ゆめ》の通《かよ》ひ路《じ》物語』など平安期の宮廷を舞台とした物語が多く作られ、その中には内裏の後宮殿舎を住まいとするキサキたちも多く登場するのである（植田恭代『源氏物語の宮廷文化』）。

## 物語のキー・後宮殿舎

本書では、『源氏物語』を中心に、平安朝物語の内裏後宮殿舎の描かれ方を見てきた。物語の後宮空間を読み解く、というのが一番の目的ではあるが、手がかりとすべく、物語を考察する前に、必ず歴史上の後宮殿舎のありようを明らかにし、その実態を物語の記述と比較することを一貫して心がけた。そうすることで、史実と虚構に明確に線引きをし、物語が素材とした史実を発見することや、物語の虚構の設定の背後にある作者の意図を探ることが可能になる。最終的には、『源氏物語』のような傑作が生み出された方法に迫ることにつながるのである。

「平安時代の後宮」では、後宮殿舎の名称、広さや格付けについての基本的な情報を載せ、天皇・皇后の住まいの変遷についても触れた。また天皇や上皇の夫婦生活の実態について明らかにした。

「「殿」と呼ばれる建物」では、格上の「殿」の内、弘徽殿《こきでん》・常寧殿《じようねいでん》・承香殿《じようきようでん》・麗景殿《れいけいでん》の四殿を中心に取り上げた。

弘徽殿や常寧殿は、史上で皇后・母后が使用する空間であったが、その影響を受けて、物語においては、『うつほ物語』后宮《きさいのみや》から始まり、『源氏物語』弘徽殿大后《こきでんのおおきさき》、『夜《よる》の寝《ね》覚《ざめ》』大皇《たいおう》の宮など、権勢を振るう強大な悪役、母后の居所となった。一方で、『源氏物語』花宴巻《はなのえんのまき》によって、弘徽殿には男女の出逢いの場とのイメージもついたようである。

　承香殿は、弘徽殿に次ぐ第二位の殿舎であるが、史上でこの建物に入ったキサキの多くは、身分高く、期待されて後宮に入りながらも、皇后・国母の座を獲得することができなかった。さらに、寵愛が薄かったり、里に籠りがちだったりと、負の印象もつきまとう。そうした残念なイメージによって、物語においても、承香殿はやはり目立たない地味な脇役のキサキの住まいとして設定されるのである。

　麗景殿も上位の殿舎であったが、後見を失ったり寵愛が衰えたりして頼りない境遇に陥るなど、結果的に凋落《ちょうらく》した不遇のキサキが住むことが多かった。『源氏物語』ではそのイメージを生かし、また史上の優れた人柄・教養を備えた麗景殿女御《れいけいでんのにょうご》、荘子《そうし》女王と重ね合わせるように、桐壺帝《きりつぼてい》の麗景殿女御（花散里《はなちるさと》の姉）が描かれるのである。

「舎」（壺）と呼ばれる建物」では、格下の「舎」の内、桐壺《きりつぼ》・藤壺《ふじつぼ》・梅壺《うめつぼ》の三舎を主に扱った。

　桐壺は史上で藤原兼家《かねいえ》・道隆《みちたか》・原子《げんし》の藤原氏一族三代で使用されており、そこからヒントを得て、『源氏物語』の主人公光源氏の一族が三代連続で用いるという設定が思いつかれたと考えられる。ただし、この物語は、主人公一族の理想性を保つため、私利私欲のために桐壺という建物を独占したのではなく、一族に縁のある場所ということで使用したという風に注意深く書き替えている。光源氏の桐壺住みをなぞって、後に『狭衣物語《さごろもものがたり》』でも、光源氏のように父帝（狭衣帝）に鍾愛される皇子、兵部卿宮《ひょうぶきょうのみや》がここを使用している。

藤壺は、史上の一条《いちじょう》朝以前には、上位のキサキの住まいとなることはほとんどなかったが、唯一の例外が村上《むらかみ》朝の藤原安子《あんし》であった。皇后・東宮母となった安子の居所としての華やかなイメージに端を発し、藤壺は、『うつほ物語』あて宮、『源氏物語』藤壺《ふじつぼ》の宮、『狭衣物語』式部卿宮《しきぶきょうのみや》の姫君《ひめぎみ》など、物語のヒロイン・準ヒロインに次々と用いられていくのである。彼女たちには、皇族出身で帝寵を得たキサキであり、男主人公との恋愛が描かれるという共通点もある。

梅壺は、歴代東宮の御所とされた建物だったが、円融《えんゆう》朝の女御藤原詮子《せんし》以降、政治的に劣勢におかれたキサキの住まいとして用いられた。『源氏物語』では権力者光源氏の養女、斎宮女御《さいぐうのにょうご》が梅壺に入ったが、これは、当初光源氏が斎宮女御と養子縁組を行っておらず、表向き後見のない状態で入内したからであると考えられる。斎宮女御の求婚者だった朱雀《すざく》院《いん》に配慮して、光源氏は養父として大々的に斎宮女御を後見することを憚ったのであった。

以上が本書の内容となる。後宮殿舎の設定とは奥の深いものであり、物語の内容にもかなり関わってくるということを、お分かりいただけたのではないだろうか。物語に登場するキサキたちは皆、殿舎の名前で呼ばれるのであり、殿舎名はその人物のイメージ形成に寄与しているし、物語中の重要な出来事も後宮の建物を舞台としていることが多かったのである。物語にさりげなく書き込まれている後宮殿舎に関する記述は、一見些細なものに見えるが、先行の文学作品の設定や歴史上の実例を読者に想起させるものであったり、また物語の文脈にそって注意深く付されているものとなっていたりする。読者は、これに気付くことなしに正確に物語本文を読み解くことはできないのである。本書を通じて、後宮という新たな視点から物語を読むことで、これまで気づかなかったさまざまなことが見えてくるということを認識していただけたら幸いである。

# あとがき

社会科の教師を目指していた父と、大学で日本史を専攻していた母の血を引いているせいか、私は幼い頃から歴史が好きで、日本の歴史の漫画を家や学校の図書館で読み漁っていた。百人一首の絵札を並べてそれらの人物の物語を頭の中で創作したり、歴史上の人物の家系図を書いたりして遊ぶのも好きだった。

そんな私が初めて『源氏物語』と出会ったのは、小学校三年生の時である。紫式部の一生を漫画化した本の中で、『源氏物語』桐壺巻と若紫巻のドラマチックなあらすじが紹介されていた。帝と桐壺更衣の悲恋の物語を読んで、天皇が身分に縛られて好きな女性を寵愛できないことに心を痛め、また光源氏と父帝の妻である藤壺の宮の禁断の恋に胸を高鳴らせ、その行方が気になってしょうがなかった。この時から、『源氏物語』と平安時代の世界が大好きになり、そして后妃や後宮というものに特に関心を持ち始めたように思う。

続きが全て読みたくなり、親にねだって円地文子訳『源氏物語』の文庫本を全巻買ってもらった。ちょうどその頃、父の仕事の関係で、家族全員で東南アジアに移り住むことになったのだが、この『源氏物語』を私は宝物のように持参し、向こうで何度も読み返したものである。それだけでは飽き足らず、もっとたくさんの平安時代を扱った本を読みたいと切望したものの、今と違ってインターネットもない時代であり、外国で日本の本を入手するのは困難であった。そのような環境で、平安文化・平安文学に対する渇望のようなものが常に私の中にあり、都から離れた東国で暮らし「一刻も早く上京し物語を手に入れて読みたい」と思った『更級日記《さらしなにっき》』作者の菅原孝標女《すがわらのたかすえのむすめ》ではないが、早く日本に戻って思う存分好きな本に囲まれて過ごしたいと思っていた。

帰国後は、念願叶ってさまざまな平安時代の文学作品やその翻案小説を読む充実した日々を送り、かくして、古典好きとして成長した私は、当然のように大学の文学部日本文学専攻に進学する。その頃になると、大学の授業を受けたり、専門的な研究書を読んだりする中で、慣れ親しんだ『源氏物語』の内容について疑問に思う部分、気になる部分が出てくるようになった。私の好きな後宮の世界——后妃制度や后妃の住まい、暮らしぶりなどについては、実は解明されていない点が多いことに気づかされたのである。

大学院に入って研究の道に進んだ時、どうせならば自分の好きなことを研究のテーマにしたい、不明な部分が多々ある物語の後宮を扱いたいと考えたが、最初の内は何をどうやって調査し考察していけばよいか皆目見当がつかず、五里霧中の状態であった。

そのような時に私が出会ったのが、三人の研究者の後宮に関する論文である。増田繁夫氏の「弘徽殿と藤壺」・「女御・更衣・御息所の呼称」および高田信敬氏「后妃の呼び名」・「母后の地位」・「後宮殿舎の使われ方」（ともに『源氏物語考証稿』所収）は、これまであまり研究されることのなかった后妃の呼称や住まい（後宮殿舎）に着目し、史上の実態を解明した上で物語の設定を読み解いていったものである。後宮が物語研究のテーマになりうることを私に示してくれた。松野彩氏「女御宣下と牛車宣旨」は、『うつほ物語』に描かれる后妃制度を考察したもので、史実を調査して平安中期の女御の定員は三人であったという歴史研究の分野にも還元しうる新事実を明らかにされている。松野氏は、私の先輩にあたるが、初めてこの論文の内容を大学院の発表で伺った時は、大変な衝撃を受けた。

東京大学の恩師藤原克己先生は別格として、これら三氏は私の後宮の研究に多大な影響を与えてくれた。本書でも三氏の論文の一部について少し触れているが、ぜひ元の論文をお読みいただけたらと思う。こうした研究に導かれるようにして、徐々に私の研究スタイル——歴史的事実を明らかにして物語の記述と比較検討するという方法が確立し、後宮に関する研究を進めていくことになった。その成果が、研究書であった前著『平安朝物語の後宮空間—うつほ物語から源氏物語へ—』（二〇一四年刊）と一般向けの本書である。この二冊を通じて、物語の後宮殿舎の設定についてはある程度を解明することができたと思う。

建物以外にも、まだまだ後宮についてはは不明な部分が多い。大学の講義では「后妃の一生」と題し、后がねの姫君の誕生から死までをたどっているが、いつか、これについても本にまとめることができたらと願っている。

本書の刊行にあたっては、吉川弘文館の方々――特に、拙著に目を止めて企画してくださった高尾すずこさん、高尾さんご退職後に本書作成にご尽力くださった木之内忍さん、板橋奈緒子さんに大変お世話になった。後宮殿舎というマイナーな分野に光を当ててくださったことについて深謝申し上げたい。また、本書の表紙カバー絵の九州大学附属図書館蔵『源氏物語歌絵』(〔居初つな〕書画)をご紹介くださった同僚の石川透先生にもお礼申し上げる。最後になったが、いつも私を支えてくれている夫と娘にも感謝の気持ちを伝えたい。

二〇二四年四月

栗本賀世子

# 参考文献

青島麻子「「添臥」葵の上―初妻重視の思考をめぐって―」（『源氏物語　虚構の婚姻』武蔵野書院、二〇一五年）

今井源衛『今井源衛著作集3　紫式部の生涯』（笠間書院、二〇〇三年）

岩佐美代子「「萩の戸」考」（『宮廷女流文学読解考　総論中古編』笠間書院、一九九九年）

植田恭代『源氏物語の宮廷文化―後宮・雅楽・物語世界―』（笠間書院、二〇〇九年）

大津直子「藤壺の「御かはり」としての王命婦―冷泉帝の治世安泰の論理―」（『文学・語学』二〇一六年八月）

片桐洋一「うつほ物語の方法（二）―国譲の巻を中心に」（『源氏物語以前』笠間書院、二〇〇一年）

神尾暢子「藤壺中宮と御后言葉―語彙意識の史的資料として―」（南波浩編『王朝物語とその周辺』笠間書院、一九八二年）

倉本一宏『増補版　藤原道長の権力と欲望―紫式部の時代―』（文藝春秋、二〇二三年）

倉本一宏『紫式部と藤原道長』（講談社、二〇二三年）

栗本賀世子『平安朝物語の後宮空間―宇津保物語から源氏物語へ―』（武蔵野書院、二〇一四年）

栗本賀世子「桐壺の一族―後宮殿舎継承の方法をめぐって―」（紫式部学会編『古代文学論叢』第二十輯、武蔵野書院、二〇一五年）

栗本賀世子「貞観殿と登花殿―御匣殿朧月夜の居所―」（紫式部顕彰会会報『わかな』二〇一五年十二月）
栗本賀世子「皇妃の姉妹の内裏滞在―花散里の場合―」（『むらさき』二〇一六年十二月）
栗本賀世子「花散る里の女御―麗景殿のイメージをめぐって―」（原岡文子・河添房江編『源氏物語　煌めくことばの世界Ⅱ』翰林書房、二〇一八年）
栗本賀世子「光源氏青年期の桐壺住み―皇位継承の代償としての内裏居住―」（寺田澄江・田渕句美子・新美哲彦編『源氏物語　フィクションと歴史―文学の営みを通して―』青簡舎、近刊予定）
後藤祥子「尚侍攷」（『源氏物語の史的空間』東京大学出版会、一九八六年）
斎藤正昭『源氏物語の誕生―披露の場と季節―』（笠間書院、二〇一三年）
斎藤正昭『源氏物語のモデルたち』（笠間書院、二〇一四年）
島田武彦「萩戸について」（『日本建築学会大会学術講演梗概集（計画系）』一九七一年十一月）
島田とよ子「『源氏物語』の皇后冊立の状況」（『大谷女子大学紀要』一九八三年九月）
清水好子『源氏物語論』（塙書房、一九六六年）
清水好子『紫式部』（岩波書店、一九七三年）
東海林亜矢子『平安時代の后と王権』（吉川弘文館、二〇一八年）
鈴木亘『平安宮内裏の研究』（中央公論美術出版、一九九〇年）
高田信敬『源氏物語考証稿』（武蔵野書院、二〇一〇年）
高橋亨「『源氏物語』の後宮と密通」（小嶋菜温子・倉田実・服藤早苗編『王朝びとの生活誌―『源氏物

語』の時代と心性―』森話社、二〇一三年）
瀧浪貞子『宮城図・解説』（思文閣出版、一九九六年）
角田文衛『角田文衛著作集4　王朝文化の諸相』（法蔵館、一九八四年）
角田文衛『角田文衛著作集7　紫式部の世界』（法蔵館、一九八四年）
角田文衛『角田文衛著作集6　平安人物志　下』（法蔵館、一九八五年）
中町美香子「平安時代の皇太子在所と宮都」（『史林』二〇〇二年七月）
沼尻利通「物語の国母―『うつほ物語』『源氏物語』を中心に―」（『平安文学の発想と生成』国学院大学大学院、二〇〇七年）
橋本義則『平安宮成立史の研究』（塙書房、一九九五年）
日向一雅「内裏・後宮の生活空間」（『源氏物語―その生活と文化―』中央公論美術出版、二〇〇四年）
福長進「『栄花物語』から『源氏物語』を読む」（『歴史物語の創造』笠間書院、二〇一一年）
藤木邦彦「藤原穏子とその時代」（林陸朗編『論集日本歴史3　平安王朝』有精堂出版、一九七六年）
益田勝実「日知りの裔の物語―『源氏物語』発端の構造―」（『火山列島の思想』筑摩書房、一九六八年）
増田繁夫「弘徽殿と藤壺―源氏物語の後宮―」（『国語と国文学』一九八四年十一月）
増田繁夫「源氏物語の後宮―桐壺・藤壺・弘徽殿―」（『源氏物語の鑑賞と基礎知識1　桐壺』至文堂、一九九八年）
増田繁夫「女御・更衣・御息所の呼称―源氏物語の後宮―」（『源氏物語と貴族社会』吉川弘文館、二〇

〇二年）
増田繁夫『評伝　紫式部―世俗執着と出家願望―』（和泉書院、二〇一四年）
松野彩「女御宣下と牛車宣旨―「国譲」巻の立坊争いをめぐって―」（『うつほ物語と平安貴族生活―史実と虚構の織りなす世界―』新典社、二〇一五年）
山下克明「平安時代初期における『東宮』とその所在地について」（『古代文化』一九八一年十二月）
山田彩起子『中世前期女性院宮の研究』（思文閣出版、二〇一〇年）
山中和也「殿舎名を冠した皇妃の呼称のかたち―宇津保の国譲下巻から源氏の承香殿女御へ―」（『古代文化』一九九〇年九月）
吉海直人「宮中殿舎の幻想を問う―「桐壺」を中心として―」（河添房江ほか編『叢書　想像する平安文学第七巻　系図をよむ／地図をよむ―物語時空論』勉誠出版、二〇〇一年）
吉海直人「桐壺更衣の政治性」（『源氏物語の新考察―人物と表現の虚実―』おうふう、二〇〇三年）
渡辺仁史「帝の意識とその周辺」（『平安文芸史攷』新典社、二〇〇一年）
『改訂増補故実叢書　大内裏図考証』第一～第三（明治図書出版、一九九三年）

なお、主要な文学作品の引用は『うつほ物語』は室城秀之校注『うつほ物語　全　改訂版』（おうふう、一九九五年）、その他は『新編日本古典文学全集』（小学館）によった。引用文には一部改めた部分がある。

## 著者紹介

一九八一年、奈良県に生まれる
二〇〇五年、東京大学文学部卒業
二〇一二年、東京大学大学院人文社会系研究科博士課程単位取得退学
二〇一三年、博士（文学、東京大学）
現在、慶應義塾大学文学部准教授

〔主要著書・論文〕

『平安朝物語の後宮空間—宇津保物語から源氏物語へ—』（武蔵野書院、二〇一四年）
「花散る里の女御—麗景殿のイメージをめぐって—」（原岡文子・河添房江編『源氏物語煌めくことばの世界Ⅱ』翰林書房、二〇一八年）
「薄雲・朝顔巻」（藤原克己監修／今井上編『はじめて読む源氏物語』花鳥社、二〇二〇年）

歴史文化ライブラリー
596

# 源氏物語の舞台装置
## 平安朝文学と後宮

二〇二四年（令和六）六月一日　第一刷発行
二〇二四年（令和六）十月一日　第二刷発行

著　者　栗《くり》本《もと》賀《か》世《よ》子《こ》

発行者　吉川道郎

発行所　株式会社　吉川弘文館
東京都文京区本郷七丁目二番八号
郵便番号一一三—〇〇三三
電話〇三—三八一三—九一五一〈代表〉
振替口座〇〇一〇〇—五—二四四
https://www.yoshikawa-k.co.jp/

印刷＝株式会社　平文社
製本＝ナショナル製本協同組合
装幀＝清水良洋・宮崎萌美


ISBN978-4-642-05996-1

歴史文化ライブラリー

1996.10

## 刊行のことば

現今の日本および国際社会は、さまざまな面で大変動の時代を迎えておりますが、近づきつつある二十一世紀は人類史の到達点として、物質的な繁栄のみならず文化や自然・社会環境を謳歌できる平和な社会でなければなりません。しかしながら高度成長・技術革新にともなう急激な変貌は「自己本位な刹那主義」の風潮を生みだし、先人が築いてきた歴史や文化に学ぶ余裕もなく、いまだ明るい人類の将来が展望できていないようにも見えます。このような状況を踏まえ、よりよい二十一世紀社会を築くために、人類誕生から現在に至る「人類の遺産・教訓」としてのあらゆる分野の歴史と文化を「歴史文化ライブラリー」として刊行することといたしました。

小社は、安政四年（一八五七）の創業以来、一貫して歴史学を中心とした専門出版社として書籍を刊行しつづけてまいりました。その経験を生かし、学問成果にもとづいた本叢書を刊行し社会的要請に応えて行きたいと考えております。

現代は、マスメディアが発達した高度情報化社会といわれますが、私どもはあくまでも活字を主体とした出版こそ、ものの本質を考える基礎と信じ、本叢書をとおして社会に訴えてまいりたいと思います。これから生まれでる一冊一冊が、それぞれの読者を知的冒険の旅へと誘い、希望に満ちた人類の未来を構築する糧となれば幸いです。

吉川弘文館

## 歴史文化ライブラリー

### 古代史

- 邪馬台国の滅亡 大和王権の征服戦争 ── 若井敏明
- 日本語の誕生 古代の文字と表記 ── 沖森卓也
- 日本国号の歴史 ── 小林敏男
- 日本神話を語ろう イザナキ・イザナミの物語 ── 中村修也
- 六国史以前 日本書紀への道のり ── 関根 淳
- 東アジアの日本書紀 歴史書の誕生 ── 遠藤慶太
- 〈聖徳太子〉の誕生 ── 大山誠一
- 倭国と渡来人 交錯する「内」と「外」 ── 田中史生
- 大和の豪族と渡来人 葛城・蘇我氏と大伴・物部氏 ── 加藤謙吉
- 物部氏 古代氏族の起源と盛衰 ── 篠川 賢
- 東アジアからみた「大化改新」 ── 仁藤敦史
- 白村江の真実 新羅王・金春秋の策略 ── 中村修也
- よみがえる古代山城 国際戦争と防衛ライン ── 向井一雄
- よみがえる古代の港 古地形を復元する ── 石村 智
- 古代氏族の系図を読み解く ── 鈴木正信
- 古代豪族と武士の誕生 ── 森 公章
- 飛鳥の宮と藤原京 よみがえる古代王宮 ── 林部 均
- 出雲国誕生 ── 大橋泰夫
- 古代出雲 ── 前田晴人
- 古代の皇位継承 天武系皇統は実在したか ── 遠山美都男
- 壬申の乱を読み解く ── 早川万年
- 戸籍が語る古代の家族 ── 今津勝紀
- 古代の人・ひと・ヒト 名前と身体から歴史を探る ── 三宅和朗
- 疫病の古代史 天災、人災、そして ── 本庄総子
- 万葉集と古代史 ── 直木孝次郎
- 郡司と天皇 地方豪族と古代国家 ── 磐下 徹
- 地方官人たちの古代史 律令国家を支えた人びと ── 中村順昭
- 古代の都はどうつくられたか 中国・日本・朝鮮・渤海 ── 吉田 歓
- 平城京に暮らす 天平びとの泣き笑い ── 馬場 基
- 平城京の住宅事情 貴族はどこに住んだのか ── 近江俊秀
- すべての道は平城京へ 古代国家の〈支配の道〉 ── 市 大樹
- 都はなぜ移るのか 遷都の古代史 ── 仁藤敦史
- 古代の都と神々 怪異を吸いとる神社 ── 榎村寛之
- 聖武天皇が造った都 難波宮・恭仁宮・紫香楽宮 ── 小笠原好彦
- 天皇側近たちの奈良時代 ── 十川陽一
- 藤原仲麻呂と道鏡 ゆらぐ奈良朝の政治体制 ── 鷺森浩幸
- 古代の女性官僚 女官の出世・結婚・引退 ── 伊集院葉子
- 〈謀反〉の古代史 平安朝の政治改革 ── 春名宏昭
- 皇位継承と藤原氏 摂政・関白はなぜ必要だったのか ── 神谷正昌